a Library

ヘス・エッセイ集

Antología de los ensayos de Jorge Luis Borges

平凡社ライブラリー

Heibonsha Library

ボルヘス・エッセイ集

Antología de los ensayos de Jorge Luis Borges

ホルヘ・ルイス・ボルヘス著
木村榮一編訳

平凡社

本訳書は、平凡社ライブラリー・オリジナルです。

目次

論議（一九三二年）

現実の措定

ヒューム[*1]は、バークリ[*2]の論証は一切の反論を許さないが、同時に説得力をまったく欠いていると永遠に書きとどめている。わたしは、クローチェ[*3]の論証を打ち壊すために、できればそれに劣らず深い教養に裏打ちされた確固とした一文をものしたいと思っている。クローチェの透明な教養が説得力を備えているので（といってもあるのは説得力だけだが）、ヒュームの言葉はわたしにとって役に立たない。彼の教義の欠点は、議論を打ち切るのには有効だが、問題の解決には役に立たないという点にあるが、その意味で、まことに扱いにくい。

わたしの読者なら覚えておられるだろうが、彼が打ち出している公式は芸術的なものと表現的なものの一致である。それを否定するわけではないが、古典的な気質の作家はむしろ表現的なものを避けようとすると言いたい。この点についてはこれまであまり考察されたことがないので、わたしなりに説明しておこう。

一般に幸運に見放されているロマン派の人は、たえず表現しようとする。それにひきかえ、古典派の人は先決問題要求の虚偽*4をめったに忘れることはない。ここで、いったん古典的と、ロマン的という二つの単語の歴史的な含意を無視することにしよう。わたしはこの二つの単語を作家の二つの原型（二つの手法）と考えている。古典派の人は言語に不信感を抱いていない。記号の一つひとつに十分な力が備わっていると信じている。たとえば、次のような文章がそれである。「ゴート族軍が引揚げて同盟諸軍が解散した後、シャロンの原野一帯を領する大変な静寂にアッティラは一驚を喫した。何か敵意のある戦略でも企まれているのではないかと疑って、彼はなお数日は荷馬車の円陣の中にとどまった。いよいよ彼がライン河の向うに退却したことは、最後の勝利が西ローマ帝国の名で得られたことの告白であった。メロヴェウスの率いるフランク族軍は、慎重に距離を保ちつつ、また毎晩多数の篝火を焚いて兵力を多く見せかけつつフン族の殿軍の後を追尾して、とうとうテューリンギアの境まで行った。テューリンギア族はアッティラの軍に属していたから、往路復路ともにフランク族の領土を横断した。事によると彼らがこの戦争で働いた残虐行為は、約八十年の後にクローヴィスの息子の復讐を受ける因果になったのかも知れぬ。彼らは捕虜のみならず人質らをも虐殺、二百人の若い乙女が物凄い仮借ない激しさで苛まれた。彼女らの遺体は野生の馬を使って真二つに裂かせ、その骨は重い荷馬車をゴロゴロ引き廻して押し潰させたし、その四肢は埋葬もせずに公道に遺棄、野犬や禿鷲の餌食にした」（ギボン[*5]『ローマ帝国衰亡史』第三十五章。朱牟田夏雄訳）。「ゴート族軍が引揚げ……た後」という簡潔な一文を読むだけで、透明なまでに抽象的で概括的なこの文章の間接的な性格を読み取ることができる。著者は象徴的な記号をおそらく厳密に構成し、それを組み合わせてわれわれに提示しているが、そこに生命を吹き込むのはわれわれの仕事である。実のところ、著者は必ずしも表現豊かとは言えない。彼はある現実を再現しているのではなく、記録しているだけである。著者は背後にあるものを暗示するような内容豊かな出来事を語っているが、そこには密度の高い体験や知覚、反応が詰め込まれている。それらは言外に隠されていて、われわれは物語を通してそれを汲み取ることになる。より正確に言えば、著者は現実との最初の接触を語っているのではなく、それに彫琢を加え、最終的に概念化した上で語っているのである。これが古典的な手法であり、ヴォルテール[*6]、スウィフト[*7]、セルバンテスといった作家たちが守ってきたものである。

次にいささか行き過ぎのきらいはあるが、セルバンテスの一節を引用しておこう。「要するに彼はアンセルモの不在によってもたらされた時と場所を利用して、この城の包囲を圧縮しなければならないと思った。そこで彼女の美しさを讃えて彼女の誇りにおそいかかったのである。なぜなら、綺麗な女の誇らかな虚栄の塔をおとしいれるには、追従の舌にのせた虚飾にまさるものはないからである。事実彼は全力をかたむけて、あらゆる道具を使って、彼女の堅固さをほこる岩石を掘りおこしたのだから、たとえカミーラが青銅でできていた女だったにしても地上に倒れていたであろう。ロタ―リオは感情を吐露し、真情をあらわに示して、涙をながし、訴え、約束し、おもねり、しつっこく追いすがり、信じさせようとした。だから、カミーラのつつしみ深さもついにくずおれて、思いもよらなかった、しかも何にもましてこがれていたものを手に入れることになった」(『ドン・キホーテ』正編、第三十四章。会田由訳)。

以上のような文章が世界文学、およびそれに劣らず価値のある文学の大部分を作り上げている。ある公式に合わないからといって、こうした文章を拒否するのは現実的でないばかりか、破滅的でもある。先のような一文に文学的効果があるように思えないが、実は効果をあげているのである。その矛盾について説明しよう。

まず、次のような仮説を立ててみる。つまり、現実においては必ずしも正確さが要求されないせいで、文学においても不正確さは容認できるか、もしくは本当らしく思えるのである。

われわれはよく複雑に入り組んだ状態を概念化して単純なものに変えるが、それを瞬間的に行っている。何かを知覚し、注意を向けるという行為自体は選択的なものである。つまり、われわれが何かに意識を向け、それに集中するというのは、興味のないものを無視することにほかならない。われわれは記憶、恐怖、予見をもとにしてものを見聞きしている。肉体に関して言えば、物理的な行為は言うまでもなく無意識的である。われわれの肉体はあの難解な一節を正確に発音し、階段を登り、結び目をほどき、踏切を渡り、町を訪れ、激しい流れの川を渡り、犬を相手にすることができる。車に轢《ひ》かれることもなく通りを渡り、子供を作り、呼吸し、眠り、おそらく人を殺すこともできるだろう。そうしたことをするのは、知性ではなく肉体である。われわれの生は一連の順応、つまり忘却の教育である。トマス・モア[*8]がわれわれにもたらしているユートピアに関する最初の情報が、そこの橋のひとつの《真の》長さが分からなくて困ったという一文だが、これは驚くべきことである……。

古典的なものをもっと詳しく調べたいと思って、ギボンの先の文章を読み返してみたところ、《沈黙の王国》という、つい見落としてしまうような、明らかに無害な隠喩を見つけた。成功しているかどうか分からないが、あのような表現は厳格な規範に従って書かれた彼の散文の残りの部分と整合しないように思われる。もちろん、この隠喩が正当と見なされるのは、すでに定型化していて、目立たないものになっているからである。彼がそうした隠喩を使っていることから、古典主義のもうひとつの特徴を導き出すことができる。つまり、ひとたびあるイメージが出来上がれば、それは公有財産になるという考え方である。古典的概念にとって、人間や時間の複数性というのは副次的なものであり、文学はつねにひとつしか存在しない。ゴンゴラ[*9]の驚くべき擁護者たちは、彼の隠喩が由緒正しい博学の伝統を引くものであることを資料的に証明して、文学の革新者であるという汚名をそそいだ。彼らはロマン主義者たちが発見した個性を予見していなかったのだ。現在われわれはあまりにも個性というものに囚われているので、それを否定したり、無視したりすること自体、《個性的であろう》とするひとつの技巧と見なされかねない。アーノルド[*10]は、詩的言語はひとつでなければならないという説を唱えたが、この説は短命に終わった。彼は、ホメロスの翻訳者は部分的にシェイクスピア風の奔放な表現を用いてもいいが、原則的に欽定訳聖書の語彙に従うべきであると述べている。彼は、聖書の言葉にはそれだけの力があるだけでなく、普及してもいると考えていた……。

古典派の作家が提示する現実は、『修業時代[*11]』に登場する人物の父性の問題と同様にこちらが信じるかどうかにかかっている。一方、ロマン主義者が苦心して描き出そうとする現実は、なんとなく押しつけがましいところがある。彼らがつねに用いるのは、強調と部分的な虚偽である。ここでは実例を挙げないが、いかにも物書きが書いたような感じのする現代の散文なり、詩を読めば、それで十分である。

現実を措定する古典的な方法は三通りあると考えられ、それぞれに異なっているが、材料は手近にある。もっとも簡単なやり方は重要な出来事を大まかに記述していくものである。(いくつかぎこちないアレゴリーが目につくが、それを別にすれば、先に引いたセルバンテスのテキストが古典的な手法の第一番目の自然な方法のそれほど悪くない例として挙げられる)。二番目は、読者に提示されているよりも複雑な現実を想定して、そこから派生する出来事や結果を語ってゆくというものである。わたしの知るかぎりでは、テニソン[*12]の『アーサー王の死』という英雄叙事詩の断章の冒頭部分がもっともいい例である。どのような技巧を用いているかを紹介するために、以下逐語的に訳したつたないスペイン語の散文訳を挙げておく。「かくして冬の海に近い山々では、一日中干戈《かんか》の音が響き渡り、アーサー王に仕える円卓の騎士たちはライアネスの地で次々に倒れていった。そのとき、アーサー王は深手を負ったが、最後に残った剛勇無比のサー・ベディヴァーが王を抱き起こした。サー・ベディヴァーは陣営に近い礼拝堂の、折れた十字架のある崩れた内陣へと王を運んだ。礼拝堂は荒地の暗い場所にあったが、片側には海が開け、もう一方の側には大河がひかえ、そして夜空に満月がかかっていた」。この物語詩ではより複雑な現実が三回にわたって措定されているが、第一番目は、「かくして」という副詞を技巧的に用いている箇所である。第二番目は、「アーサー王は深手を負った」という出来事をさりげなく伝えている箇所で、ここがもっとも成功している。第三番目は、「そして夜空に満月がかかっていた」という思いがけない一節を付け足している箇所である。この手法を効果的に生かした別な例をモリス[*13]の作品から引くことができる。彼はイアソンの乗った舟の漕ぎ手のひとりが、河の軽やかな精霊たちにさらわれた神話的な事件を物語った後、こう締めくくっている。「川の水がばら色の顔をした妖精とうっかり眠り込んでいた男を隠してしまった。しかし、彼らが水に呑み込まれる前に、ひとりの妖精があの牧場を駆け抜け、牧草の中から青銅の穂先のついた槍と、鋲を打った円楯、象牙の柄の剣、鎖帷子を拾い上げて、川の中に飛び込んだ。風と、葦の茂みから一部始終を見聞きしていた小鳥以外の誰が、この出来事を語ることができよう」。ここで重要なのはそれまで一度も言及されなかった風と小鳥が最後になって証人として登場している点である。

中でも状況を作り出すという三番目の方法が一番むずかしくて、しかも効果的である。その例として、『ドン・ラミーロの栄光』[*14]の記憶に価する一節を挙げることができる。「召使の貪欲さから守るために南京錠をおろしてあるスープ皿で供されたベーコン・スープ」という仰々しい一文は、上品さを装った貧しさ、大勢の召使、階段や曲がり角、さまざまな灯火のともされている広々とした屋敷を思い起こさせる。今挙げたのは短くて単純な例だが、この手法を用いた長い作品もある。たとえば、ウェルズ[☆1]の厳密な空想小説やダニエル・デフォー[*15]の驚くほど迫真的な小説がそれだが、彼らがしばしば用いているのは、よく練り上げられた簡潔な細部の展開、あるいは連鎖という手法である。同じことは、意味深いカットを使っているジョセフ・フォン・スタンバーグ[*16]の映画作品についても言える。この手法はたしかにむずかしいし、それだけに賞賛に価するが、あまりにも一般化しているために、厳密に言うと先の二つの例よりも文学的に劣るように思われる。とくに、純粋なシンタックスと言語の巧みな使い方によって達成される二番目のそれと比べると劣っていると思われる。そのことはムア[*17]の以下の詩が証明している。

Je sui ton amant, et la blonde
Gorge tremble sous mon baiser.
(ぼくは君の恋人、金髪の

ゴルジュは僕のキスに身を震わせる。）

この詩のいいところは所有代名詞が定冠詞に変わるところ、つまり意表をつく la の使用にある。これと対照的なのがキップリング[*18]の次の詩行である。

Little they trust to sparrow—dust that stop the
Seal in his sea!
（彼らはスズメをほとんど信じていない——アザラシを彼の
海にとどめる塵を！）

言うまでもないが、his は seal によって支配されている。つまり、「アザラシを彼の海にとどめる」ということである。

一九三一年

☆1――『透明人間』がその一例である。主人公――ロンドンの絶望的な冬の中で化学を学んでいる孤独な学生――は、透明人間である特権は、そこから生じる不便さを埋め合わせてくれないことについに気がつく。外套だけが急ぎ足で通り過ぎたり、長靴が勝手に歩き回って市民を驚かせてはいけないというので、靴はもちろん、服も着ることができない。拳銃も彼の手が透明なので隠しようがない。何かを食べて嚥下しても、消化吸収するまでは事情は同じである。瞼《まぶた》とは名ばかりで、日が昇ると光を遮ってくれないし、眠るにしても目を開けた状態で眠るのに慣れなければならない。腕で目を隠そうにも、それも透明なのだ。通りを歩いていても、馬車に轢かれそうな気がしてならず、いつもびくびくしている。たまりかねて、ついにロンドンから逃げ出す。かつら、サングラス、仮装用のつけ鼻、怪しげなつけひげ、手袋をつけ、透明人間であることを悟られまいとする。透明人間だと見破られたとき、僻地の寒村、《恐怖の王国》での惨めな暮らしがはじまる。ばかにされまいとして、彼はひとりの人間を傷つける。犯行がばれて、警官が犬に彼の後を追わせ、停車場の近くまで追い詰めて、彼を殺す。もうひとつ、不気味な状況を描いた見事な出来ばえの作品がキップリングの「世界一すばらしい話」である。これは一八九三年に彼が編集した『奇談集』に収められている。

＊1――デイヴィッド、一七一一―七六。イギリスの哲学者、歴史家。
＊2――ジョージ、一六八五―一七五三。イギリスの哲学者。
＊3――ベネデット、一八六六―一九五二。イタリアの哲学者、批評家。
＊4――論理学用語。結論と同意義の語句が前提にあるため、前提の根拠を先決問題として問わなければならないもの。
＊5――エドワード、一七三七―九四。イギリスの歴史家。
＊6――一六九四―一七七八。フランスの作家、思想家。
＊7――ジョナサン、一六六七―一七四五。イギリスの作家、ジャーナリスト。
＊8――一四七八―一五三五。イギリスの政治家。
＊9――ルイス・デ、一五六一―一六二七。スペインの詩人。
＊10――マシュー、一八二二―八八。イギリスの評論家、詩人。
＊11――ゲーテの教養小説『ヴィルヘルム・マイスター』第一巻。
＊12――アルフレッド、一八〇九―九二。イギリスの詩人。
＊13――ウィリアム、一八三四―九六。イギリスの詩人、工芸美術家。
＊14――アルゼンチンの作家エンリケ・R・ラレータ（一八七五―一九六一）の小説。
＊15――一六六〇?―一七三一。イギリスのジャーナリスト、作家。『ロビンソン・クルーソー』の作者として知られる。

＊16——一八九四—一九六九。アメリカの映画監督。
＊17——ジョージ、一八五二—一九三三。イギリスの小説家、詩人。
＊18——ジョセフ・ルディヤード、一八六五—一九三六。イギリスの小説家、詩人。

物語の技法と魔術

小説の手法の分析はこれまであまり広く行われてこなかった。歴史的に考えると、他のジャンルが優勢だったために長年放置されてきたということになるが、より本質的な理由は小説の技巧が解きほぐしがたいほど複雑であり、しかもそれがプロットと切り離せないという点にあると考えられる。法律書、あるいはエレジーを分析する場合は、特殊な語彙を用い、十分納得のいく文章を書くことは容易だが、長い小説を分析する場合は、共通の合意に達した用語が欠けている上に、ただちに証明できるような例を引いて、言わんとすることを例証することができない。したがって、以下の説明に寛容に付き合っていただかなければならない。

まず、ウィリアム・モリスの『イアソンの生涯と死』（一八六七年）の小説的な側面について考察してみよう。わたしの目的は文学的なものであって、歴史的なものではない。したがって、ここではあの詩の起源はギリシアにあるといった研究、あるいは研究らしきものを意図的に排除した。大昔の詩人たちは――その中には、ロドスのアポローニオス[*1]も含まれている――アルゴー船の乗組員の偉業を作品として結実させてきた。そして、その中間にあるものとして『高貴にして勇敢なる騎士イアソンの偉業と武勲』[*2]（一四七四年）という本があることに言及しておくだけでいいだろう。この本はもちろんブエノスアイレスでは入手不可能だが、イギリスの注釈者たちは目を通していたにちがいない。

モリスはイオルコス王イアソンの信じがたい冒険を本当らしく語るというむずかしい計画に着手した。抒情詩では行単位で読者を驚かせるという手法が一般的だが、一万行を超える長編詩となると、そうはいかない。何よりもまず、読者の疑念を自然な形で宙吊りにする（この疑念の宙吊りというのがコールリッジ[*3]の詩的信仰の中核になっている）ことのできる、いかにも本当らしい強力な外見が必要とされる。モリスはその信仰を目覚めさせることに成功しているが、以下その点について見ていくことにする。

あの作品の第一巻から例をとってみよう。イオルコスの年老いた王イアソンは、ケンタウロスのキロンに息子を託し、森の中で養育するように依頼する。ケンタウロスが実在しているかのように描くにはどうすればいいかというのは難問だが、モリスはその難問をほとんど意識せずに解決している。彼はまず奇妙な野獣たちの名前と混ぜ合わせてあの種族に言及している。

ケンタウロスの矢が熊と狼を見出すところ

とさらりと述べている。この最初のさり気ない言及から三十行後にもう一度ケンタウロスに言及し、その後に描写が続く。年老いた王は奴隷に、子供を連れて山のふもとにある森へ行き、厳しい表情を浮かべ、がっしりした身体つきをしているはずの（と説明し）ケンタウロスを象牙の角笛を吹いて呼び出し、その前にひざまずくようにと言いつける。その後もイアソンはいろいろ指示を与えるが、ついで三番目の一見否定的に思える言及が続く。王は奴隷に、ケンタウロスを恐れることはないと言う。その後、これで永の別れになるだろうと考えて、悲しみにくれる。そこで、森の中で目ざといケンタウロス《クイック-アイド・セントールズ》――目ざとさはケンタウロスたちにとって誇りであり、弓の名手であることがそれを証明している[☆1]――に囲まれて暮らすことになる息子のこれからの生活を思い浮かべようとする。奴隷は王子と一緒に馬に乗り、明け方森の前で馬から下りると、子供を背負い、カシの木の間を徒歩で進む。そこで角笛を吹いて、待つ。クロウタドリが朝の光の中でうたっているが、男は蹄《ひづめ》の音を耳にして、不安を覚えたために、輝いている角笛をつかもうと躍起《やっき》になっている王子から注意を逸《そ》らす。キロンが姿を現す。かつて白と茶の混じった葦毛だった体毛が今では長い頭髪と見分けがつかない真っ白な色に変わり、獣から人間に変わったことを物語るかのようにカシの木の葉で作った冠をいただいている。奴隷はひざまずく。ひと言付け加えておくと、モリスは読者に自分が抱いているケンタウロスのイメージを伝えたり、われわれにあるイメージを抱かせようとしていないように思われる。彼にしてみれば、現実の世界と同じようにわれわれが彼の言葉に信頼を置き続ければいいのだ。

第十四巻の、セイレーンのエピソードも同じように説得力に富んでいるが、こちらはより段階的である。予備的なイメージはやさしさに満ちている。静かな海、オレンジの香りのする微風、女王メディアが真っ先に感じ取った危険な音楽（船乗りたちは音楽が聞こえていることにほとんど気づいていなかったが、彼らの顔に浮かんだ幸せそうな表情を見て、メディアはいち早くその効果が表れていることに気づいた）、最初のうちは言葉がはっきり聞き取れなかったといういかにももっともらしい事実、といったことが間接的に語られている。

And by their faces could the queen behold
How sweet it was, although no tale it told,
To those worn toilers o'er the bitter sea,
（彼らの顔を見て女王は、音楽はまだ何も語ってはいないが、
苦い海の上で船を漕いで疲れきっている彼らにとって
この上もなく甘美なものだと気づいた、）

上の一節はセイレーンたちが現れる前に出てくる。妖精たちは漕ぎ手によって最後に発見されるのだが、状況を描いた文章の中につねに一定の距離を置いて存在しているのだ。

for they were near enow
To see the gusty wind of evening blow
Long locks of hair across those bodies white
With golden spray hiding some dear delight.

（というのも、彼らはすぐ近くにいたので、
たそがれ時の強い風のせいで長い髪が白い身体に
まつわりつき、金の飛沫のように
喜びをもたらすいとしい箇所を覆い隠していた。）

金の飛沫——それが風に激しく揺れる巻き毛のことなのか、海、その両方、あるいは何かの飛沫なのかは分からないが——のように喜びをもたらすいとしい箇所を覆い隠していた、という最後の細部は別の意図、つまりセイレーンたちの魔力を示すという意図が込められている。この二重の意図は渇望のあまり涙があふれ、男たちの目が曇って見えなくなるという状況描写のうちにも繰り返されている。（この二つの技巧は、ケンタウルスを描くときに、木の葉の冠をかぶっていると記述しているのと同じものである）。絶望のあまりセイレーンたちに怒りを覚えた[☆2]イアソンは、彼女たちを《海の魔女》と呼び、この上もなく甘美なオルフェウスに歌をうたうように言う。そこで緊張感が高まるが、モリスは驚くほど細かな注意を払って、自分がセイレーンの唇のない口とオルフェウスの口でうたわれたとしている歌は、当時うたわれていたものの変形した記憶でしかないと断っている。海岸の黄色い縁取り、金

色の泡、灰色の岩といったように、彼は色彩にこだわり、正確を期そうとしているが、そのことによって壊れやすい古代のたそがれを何とか救い上げようとしているように思えて、われわれは心を打たれる。セイレーンたちは水のようにとらえがたい喜びをもたらしてあげると言って彼らを誘惑する。Such bodies garlanded with gold, So faint, so fair（金の花冠で飾られた、はかなくも美しい肉体）、一方、オルフェウスはそれに対抗して大地の確固とした喜びをうたう。セイレーンたちは Roofed over by the changeful sea（移ろいやすい海を頭上にいただいた）水中の物憂い空を約束するが、これはやがて――二千五百年後なのか、わずか五十年後なのかは分からないが――ポール・ヴァレリーによって繰り返されることになる。セイレーンたちは歌をうたい、そのひとつ、甘美な危険を湛えた歌が彼女たちの誤った考えを正そうとするオルフェウスの歌に影響を与える。アルゴー船の一行はついに危地を脱する。しかし、張り詰めた緊張が解け、船が長い航跡を残して島から遠く離れたところまで来たときに、突然背の高いアテネ人が漕ぎ手たちの間を駆け抜け、船尾から海に身を投げる。

二作目として、ポーの小説『ナンタケット島出身のアーサー・ゴードン・ピムの物語』（一八三八年）を取り上げてみよう。この小説の秘められたプロットは白い色に対する恐怖とそれへの呪いである。ポーは白一色に包まれた無限の祖国である南極圏の近くに住む部族を創造したが、彼らは何世代も前から人間と白い嵐の訪れに悩まされてきた。この部族にとって白は呪いなのだが、最終章の最後の一節で心ある読者も同じ思いを抱くだろう。この作品のプロットは二つある。ひとつは海上での冒険を描いた直接的なもので、もうひとつはひそかに、しかも揺るぎなく進行していくプロットだが、こちらは最後にすべてが明らかにされる。「あるものを名づけるというのは、詩のもたらす喜びを四分の三消し去ることにほかならない。というのも、その喜びは名前を推測する楽しみのうちに根ざしているからである。そして、その名を暗示するのが夢である」。これはマラルメの言葉だと言われている。しかし、あの繊細な精神の詩人が四分の三などという軽薄な数字を持ち出すとは考えられないが、その言わんとするところはいかにもマラルメらしいし、たそがれを歌った次の詩にもそのことがはっきりうかがえる。

Victorieusement fuit le suicide beau
Tison de glorie, sang par écume, or, tempete !
（勝ち誇って美しい自殺が逃れ去ったからには
栄ある薪の燃え残り、泡引く血、黄金よ、嵐よ）

（高橋達明訳）

この詩はおそらく『ナンタケット島出身のアーサー・ゴードン・ピムの物語』の影響を受けているのだろう。白という個性のない色はいかにもマラルメ的である。（思うに、ポーは直観、あるいはめくるめくばかりに輝かしい作品『モービィ・ディック』の中の「鯨の白さ《ホワイトネス・オヴ・ザ・ホエール》」という章でメルヴィルが述べているのと同じ理由で、とりわけ白を好んでいたようである。）ここで小説全体を取り上げたり、分析するわけにはいかないので、秘められたプロットに従属している箇所——すべての箇所がそうなのだが——の典型的な一節を訳しておけばいいだろう。そこには先に触れたあの不可解な部族と彼らが住む島を流れる小川について書かれている。その水が赤い色、あるいは青い色をしていると書いてしまえば、白い色の可能性が完全に失われてしまうが、ポーはその難問を以下のように解決して、われわれの想像力をいっそう掻き立てる。「われわれはそれを汚れているものと思い、どうしても飲んでみる気にはなれなかった。……この液体の性質をどうはっきりといい表したらよいか、わたしには見当がつかないし、簡単なことばで、手っ取り早く説明するわけにはいかないのである。この液体は、すべて下り勾配になっている所を迅速に流れていたが、そういうところになら、普通の水でもやはり流れるにちがいない。しかし、この液体は、小さい滝になって落ちるとき以外には、普通の水のように澄みきった色をしていなかった。……やや傾斜している土地を流れているばあいには、濃度の点で、この液体はアラビア・ゴムと普通の水との濃い混和液に似ている。しかし、そういうところは、この液体の異常な特質のうちでは、一番平凡な性質にすぎない。この液体は無色ではなく、また、なにかいつも一定の色をしているのでもない――流れているときには、紫のあらゆる色合いを、見る人の眼に感じさせたが、この点は、色合いがさまざまに変化して見える甲斐絹《かいき》に似ていた。……たらい一杯にこの液体を集め、そしてそのなかのかすをすっかり沈殿させてみたところ、この液全体が、それぞれ別の色をしたたくさんの違った水脈で構成されていて、その水脈は互いに混じりあわないことが分かった。その水脈の条に沿わずにナイフの刃を入れてみると、……たちまちその水にぴったりと蔽《おお》われてしまい、そしてまたそれを引き抜くと、ナイフの通った跡はたちどころに消されてしまったのである。ところが、もしナイフの刃が、二つの水脈のちょうど真ん中に切り込むと、二つは完全に切り離され、……分離した二つの部分をすぐおいそれとは元通りにできなかった。」（大西尹明訳）

上の引用から、小説の抱えるもっとも重要な問題が偶然だという結論がただちに導き出せるはずである。小説というジャンルは多様だが、そのひとつに重苦しい心理小説がある。この種の小説は現実世界のそれによく似た一連の動機を作り出すか、もしくは並べ立てる。しかし、小説の中でいつもそういうことが行われているわけではない。波乱万丈の冒険小説ではそうした動機づけは意味をなさないし、短い物語や、ハリウッド・スターのジョーン・クロフォード[*4]の映像を使って作り上げ、大勢の市民が何度も繰り返し見る果てしないスペクタクルについても事情は同じである。分かりやすくて、古くからあるまったく異なった秩序がそれらを律しているが、それが原始的で明快な魔術である。

古代の人たちのそうしたやり方、というか野心は、フレイザー[*5]によって手頃な一般法則、つまり共感の法則に縮約された。この法則はその形が同一である――模倣の魔術、同種療法――、あるいは以前すぐそばにあった――伝染の魔術――といった理由から、異なった事物間に不可避の結びつきがあるということを前提としている。後者の例としては、サー・ケネルム・ディグビィ[*6]の傷につける軟膏を挙げることができるが、それは包帯を巻いた傷口に塗るのではなく、その傷を作った罪深い武器に塗るのである――その間に野蛮で荒っぽい治療を受けなかった傷は自然に治癒する。前者に関してはいくらでも例を挙げることができる。ネブラスカのインディアンはバイソンを呼び集めるために角とたてがみがついていて、ぎしぎし音を立てるバイソンの毛皮をまとい、砂漠の大地を荒々しく踏み鳴らして昼夜を分かたず踊り狂う。中央オーストラリアの呪術師は自分の前腕部に傷をつけて、わざと血を流すが、そうすることで模倣好きな、あるいは律儀な天が雨の血を流すと考えている。マレー半島の人たちは元の型を取った人が死ぬようにとロウで作った人形を痛めつけたり、ののしったりする。スマトラでは、石女《うまずめ》は子供が生まれるようにと木で作った子供の世話をし、着飾らせてやる。アナロジーによる同じような理由から、ウコンの黄色い根は黄疸を治すために使われ、イラクサの煎じ薬はジンマシンを抑えるために使用される。こうしたぞっとするような、あるいはばかげた例をすべて集めて、リストを作ることは不可能である。しかし、以上の例から魔術が偶然の栄誉ある王冠、もしくは悪夢であって、その逆でないことが証明できたのではないかとわたしは考えている。そうした宇宙にあっては、天文学者の宇宙に劣らず奇跡はそう珍しいことではない。あらゆる自然法則、それに空想上の法則がその宇宙を律している。迷信深い人にとっては、銃弾と死者との間だけでなく、死者と痛めつけられた蠟人形、あるいは不吉なことに鏡が粉々に砕けたり、塩がこぼれたり、あるいはまた十三人という縁起の悪い数の陪席者がテーブルについているといったこととの間に必然的な結びつきが存在するのである。

そうした危険な一致、狂熱的で正確な偶然が小説の世界を律している。ホセ・アントニオ・コンデ博士[*7]がその著書『スペインにおけるアラブ人支配の歴史』の中で取り上げているサラセン人の歴史家は、自分たちの国王やカリフが亡くなったとは書かずに、「報奨と数々の褒美を受け取るべく送り出された」、「全能者の慈悲のもとに赴かれた」、あるいは「いくつもの月と昼を、長い年月を通してその運命を待ち望んでいた」と書き付けた。縁起でもないことを書いたために恐ろしい出来事が起こったのではないかという思いは、アジア的な無秩序な世界にあっては見当違い、というか意味のないものである。しかし、注意力と共鳴、それに類縁性の正確な組み合わせであるべき小説においては事情が違う。よく考えて書かれた物語では、どのエピソードも後で重要な意味をもつようになる。チェスタートン[*8]の幻想的な物語のひとつもそうで、見知らぬ男が別の見知らぬ男に突然襲いかかるが、それはトラックに轢かれないようにするためであった。人をびっくりさせるが、必要上やむをえないその乱暴な行為は、ある犯罪事件で自分を処刑することができないようにするために、最終的に精神に異常を来しているふりをするための伏線になっている。もうひとつの物語では、（あごひげに仮面、それに偽名を用いている）たった一人の人物によってきわめて危険で途方もない陰謀が企てられているのだが、それが以下の二行連句の詩の中で不気味な正確さをもって予告されている。

As all stars shrivel in the single sun,
The words are many, but The Word is one.
(すべての星がたった一つの太陽の中で収縮するように、
言葉は沢山あるが、語はひとつである。)

この二行の大文字を置き換えることで、その謎が解き明かされる。

The words are many, but the word is One.
(言葉は沢山あるが、語はひとつである。)

三番目のある物語では、最初のパターン——一人のインディアンがナイフを投げて、相手を殺害するというストーリーが簡潔に述べられている——は、プロット、すなわち一人の男が友人によって塔のてっぺんで矢で刺し殺されるというプロットのまったく逆になっている。空中を飛ぶナイフ、握り締められた矢。それらの言葉は長い間反響し続ける。エスタニスラオ・デル・カンポ[*9]は前置きで作品の背景に言及しているが、それだけで彼が『ファウスト』[*10]の中に挿入している夜明け、パンパ、それにたそがれ時の状況描写が読者を不安に陥れるような非現実感を帯びてしまうと、以前にわたしは指摘したことがある。言葉とエピソードの目的論はすぐれた映画の中にも遍在している。『ザ・ショウ・ダウン』[*11]のはじめのシーンで、数人の山師が娼婦、あるいはその女と寝る順番を賭けてカードをしている。そして、終わりに彼らのひとりが自分の愛する女を賭けてカードをするのだ。『暗黒街』[*12]の最初の対話は密告にまつわるもので、最初のシーンは路上での銃撃戦になっている。そうした細部は中心的なテーマを予示している。『間諜X27』[*13]には、剣、キス、猫、裏切り、ブドウ、ピアノといったテーマが繰り返し現れてくる。しかし、確証、予兆、モニュメントで作り上げられた自律的な世界のもっとも完全な例証と言えば、やはり運命があらかじめ定められているジョイスの『ユリシーズ』を挙げなくてはならない。それを確認するには、ギルバート[*14]のすぐれた著作を読むか、それがなければあのめくるめくような作品を検討すれば十分である。

以上に述べてきたことを要約しておこう。わたしはここまで因果関係を明らかにする二つの方法について論じてきた。ひとつは自然なやり方で、これは制御できない無限の操作からひっきりなしに生じてくる結果を並べるものである。もうひとつは細部が予兆する明晰で限定された魔術的なものである。わたしは、小説においては後者が唯一可能な誠実なやり方であると考えている。前者は見せかけの心理学のためにとっておけばいいだろう。

☆1——以下の詩を参照のこと。

Cesare armato, con li occhi grifagni

物の具つけたる隼眼《はやぶさめ》のチェザーレ　（寿岳文章訳『地獄編』第四巻、一二三）

☆2——時間の経過の中で、セイレーンたちはその姿を変えてきた。彼女たちを最初に取り上げた歴史家、『オデュッセイア』の第十二巻を書いた詩人はセイレーンたちがどのような姿をしていたかについては何も語っていない。オウィディウス[*15]にとってそれは顔が乙女で、身体は赤味がかった羽で覆われていたし、ロドスのアポローニオスにとってそれは上半身が女性で、残りは小鳥の形をしていたし、劇作家ティルソ・デ・モリーナ[*16]（それに紋章学）にとってそれは《半身が女性で、半身が魚》の姿をしていた。その性質についても種々議論がある。ランプリエールの古典辞典は彼女たちをニンフと定義し、キシュラの辞典では怪物になっているし、グリマルの辞典を見ると魔物になっている。彼女たちはキルケーの島に近い西方の島に住んでいるが、そのひとり、パルテノペの遺体がカンパニアで発見され、美しい町にその名がつけられたが、現在その町はナポリと呼ばれている。地理学者のストラボン[17]はその墓を見たことがあり、彼女を称える意味で定期的に催された体育競技と松明競走を実際に目にしている。

『オデュッセイア』では、セイレーンたちが船乗りを惹きつけ、惑わしたが、オデュッセウスは彼女たちの歌を聞いても死ななくていいようにと、漕ぎ手たちの耳にロウを詰め、自分をマストに縛りつけるように命じたと書かれている。セイレーンたちは彼を誘惑しようとして、この世のありとあらゆることを教えてやると約束した。「これまで黒塗りの船でこの地を訪れた者で、わたしらの口許《くちもと》から流れる、蜜の如く甘い声を聞かずして、行き過ぎた者はないのだよ。聞いたものは心楽しく知識も増して帰ってゆく。わたしらは、アルゴス、トロイエの両軍が、神々の御旨のままに、トロイエの広き野で嘗《な》めた苦難の数々を残らず知っている。また、ものみなを養う大地の上で起こることごとも、みな知っている」(松平千秋訳)。神話学者のアポロドロス[18]がその『ギリシア神話』に採録している伝説によると、アルゴー船の一行が乗った船からオルフェウスはセイレーンよりも甘美な歌をうたったが、彼女たちはそれを聞いて海に身を投げて、岩になってしまった。それというのも、彼女たちの歌の魔力に魅了されない人間がいれば、死ななければならない定めになっていたのだと伝えられている。スフィンクスもやはり謎を解き明かされると、高い場所から身を投げた。

六世紀に一人のセイレーンが捕らえられ、ウェールズの北で洗礼を受けたが、やがて彼女はムルガンの名で聖女として描かれることになった。一四〇三年、別の人魚が堤防の穴から陸に上がり、死ぬまでハールレン[*19]で暮らした。彼女の言葉を理解できるものはいなかった。彼女は糸をつむぐ技術を覚え、おそらく本能的なものだったのだろうが、十字架を崇《あが》めた。十六世紀のある年代記編者は、彼女は糸をつむぐ技術を知っていたのだから人魚ではないし、水の中で暮らすことができたのだから、人間の女でもないと伝えている。

英語では古典的なサイレン（siren）と魚の尻尾のあるそれ（mermaid）とを区別している。後者のマーメイドのほうはポセイドンにつき従っていた海神で、姿形の似ているトリトンの影響を受けている。

『国家』[*20]の第十巻では、八人のセイレーンが同心円の八つの円を回転させている。セイレーン。空想上の海の動物、と粗雑な辞書に書かれている。

＊1――前二九五―前二一五。ギリシアの抒情詩人。
＊2――中世フランスの作家、ラウル・ルフェーブル（十五世紀に活躍）が書いた物語。
＊3――サミュエル・テイラー、一七七二―一八三四。イギリスの詩人、批評家。
＊4――一九〇八―七七。数々の映画に出演したハリウッドの女優。
＊5――ジェイムズ・ジョージ、一八五四―一九四一。イギリスの人類学者。

＊6――一六〇三―六五。イギリスの著述家、政治家。
＊7――一七六六―一八二〇。スペインの東洋史学者。
＊8――ギルバート・K、一八七四―一九三六。イギリスの作家、批評家。
＊9――一八三四―八〇。アルゼンチンの詩人。
＊10――アルゼンチンのガウチョ（牛飼い）を主人公にした叙事詩的作品。
＊11――一九二八年制作。ヴィクター・シュレジンガー監督の作品。
＊12――一九二七年制作。ジョセフ・フォン・スタンバーグ監督の作品。
＊13――一九三一年制作。スタンバーグ監督の作品。
＊14――スチュアート、一八八三―一九六九。イギリスのジョイス研究家。
＊15――プブリウス、前四三―後一七頃。ローマのエレゲイア詩人。
＊16――一五七九―一六四八。スペインの劇作家。
＊17――前六一―後二四以降。ローマ時代のギリシア系地理学者。
＊18――前二世紀。ギリシアの文献学者。
＊19――オランダ西部にある町。
＊20――プラトンの著作のひとつ。

ホメロスの翻訳

翻訳が提起する問題ほど、文学とその慎ましやかな神秘に深くかかわっているものはない。うぬぼれのせいでいっそう忘れっぽくなり、心に思っていることを口に出したりすれば、ありふれたことだと言われそうな気がして不安に襲われ、心の闇の中に秘めている計りがたい考えをそっと大切にしておきたいと考える、そうしたことが直截に言わなければならないことをぼかしてしまう。しかし、翻訳には、芸術上の議論を明瞭に浮かび上がらせる働きが備わっているように思われる。模倣すべき手本は目に見えるテキストであって、過去のさまざまな考えをもとに作り上げられた理解不可能な迷路でもなければ、安直なのになぜか評価されてきたその場かぎりの心そそる誘惑でもない。バートランド・ラッセル[*1]は、外在的な事物は可能なかぎりの印象で出来上がっている光り輝く円環の体系であると定義している。言葉についても、それぞれに計りがたい反響が備わっているので、同じことが言えるだろう。テキストはさまざまな形で変容させられる。部分的ではあるがその貴重な資料が翻訳である。チャップマン[*2]からマニヤンに至る『イリアス』の数多くの訳は可変的な事実をさまざまな角度から見たもの、省略と強調を延々と実験的に組み合わせたものにほかならない。（どうしても他の言語に置き換えなければならないという必然性はない。細心の注意が求められるこの手の込んだ遊びは同一の文学内でも不可能ではない。）さまざまな要素を再構成したものは原典よりも劣ると仮定するのは、草稿の9は必然的に草稿のHよりも劣ると仮定するのと変わらない——というのも、もともと草稿しか存在しないのだ。決定的なテキストという概念は宗教、もしくは倦怠に属するものでしかない。

よく知られたイタリアの格言にある、翻訳のほうが劣っているという迷信はいいかげんな経験から生まれてきたものである。何度となく繰り返し読んでいるうちに、すぐれたテキストはどのようなものであっても、不変で決定的なものだと思えるようになる。ヒュームはなじみ深い因果律の観念と連続のそれとを同一と見なした。だからいい映画は、二度目のほうがいっそういいように思えるのだ。われわれは反復でしかないものを必然と見なすきらいがある。有名な本の場合は、読む前にいろいろな知識を得ているので、はじめて読むつもりが実際は再読していることになる。古典を読み返すという慎ましい言い方は無邪気な真実からきている。「名は思い出したくないが、ラ・マンチャのさる村に、さほど前のことでもない、槍かけに槍、古びた楯、痩せ馬、足早の猟犬をそろえた、型のごとき一人の郷士が住んでいた」（会田由訳）という一節がすべての人にとって神聖なものであるかどうか知らない。ただ、わたしが思うに、『ドン・キホーテ』の書き出しはこれ以外に考えられないし、書き換えることは神聖冒瀆にほかならない。どうやらセルバンテスはそれほど重要でないあの格言を知らないようで、上に引用した一節を見ても自分が書いたものだと分からないにちがいない。しかし、わたしはどのような変改も受け入れることはできない。『ドン・キホーテ』はわたしの母語で書かれているということもあって、編集者、装丁係、植字工が行う変更以外のものが一切加えられていない不変のモニュメントなのである。『オデュッセイア』の場合、チャップマンの二行連句から、アンドルー・ラング[*3]の定訳、ベラール[*4]のフランス古典劇、モリスの力強い英雄譚、あるいはサミュエル・バトラー[*5]のアイロニカルなブルジョア小説に至るまで、さまざまな国語による散文と韻文の訳が書店を埋め尽くすほど出ているが、考えてみればたまたまわたしがギリシア語を知らないからそれだけの数があるように思えるのである。イギリス人の名前が数多く見られるのは、イギリス文学が海洋叙事詩に親しんできたことを物語っており、一連の『オデュッセイア』の翻訳は長い世紀が経過したことを明かしている。『オデュッセイア』の翻訳は種々雑多なものがあり、時には食い違いさえ見られる。これは主として英語のこうむってきた変化、原典の長大さ、あるいは訳者の偏向、能力差に原因があるということではない。ホメロスにかぎって言えることだが、どこまでが詩人の創意で、どこまでが言語に固有のものなのかはっきりさせることができないせいである。これまで個性的で真摯で、すぐれた翻訳が数多くなされてきたが、そうなったのも、もとはと言えばこの作品が幸せなことに難解だからにほかならない。

ホメロスの難解さを物語るもっともいい例が形容詞だろう。神のごときパトロクロス、人を養う大地、ブドウ酒色の海、単蹄の馬、濡れた波、黒い船、黒い血、いとしい膝、こうした表現が繰り返し場違いなところに出てきて読者の心を打つ。あるところでは、「裕《ゆた》かに富み、アセポスの黒味を帯びた、水を飲むトロエス（トロイエ）人」について語られ、別の箇所では「神々の宿命的な決定によって、不幸に見舞われながらも、うるわしいテーバイにおいてカドモス人たちを支配した」（『イリアス』松平千秋訳）悲劇的な王に言及されている。アレグザンダー・ポープ*6（彼の華麗なホメロスの訳については後ほど触れることにする）は、そうした変更不可能な形容詞は典礼的な性格を備えていると考えていた。レミ・ド・グールモン[*7]は、文体に関する長大なエッセイの中で、形容詞は今ではその魅力を失っているが、かつては魅力的なものであったにちがいないと書いている。わたしはむしろそうした忠実な形容詞は現在の前置詞のようなものではなかったかと考えている。つまり、慣用的にある種の単語に付け加えられる義務的で慎ましやかな音声でしかなく、そこに独創性が入り込む余地はなかった。por pie（足によって）ではなく、andar a pie（徒歩で行く）が正しい言い方だということは誰もが知っている。同様にギリシアの吟遊詩人は、神のごときパトロクロスという形容詞を付けるのが正しいということを知っていたのだ。いかなる場合も、そこに芸術的な意図が込められることはなかったはずである。別に強調しようというのではないが、わたしは作家に属しているものと言語に属しているものを分離することは不可能であるというのが、唯一確かなことであると思っている。アグスティン・モレート[*8]を読もうと決意して、読んだとする。

Pues en casa tan compuestas
¿Qué hacen todo el santo día?
（彼女たちは家であんなにめかし込んで

神聖な一日をどう過ごすのだろう?)

われわれは一日の神聖さというのが詩人の独創ではなく、言語に固有のものであることを知っている。しかし、ホメロスに関しては、そこで言われていることが強調なのかどうか永遠に知ることはできない。抒情詩、あるいは悲歌の場合、読者にその意図を正確に汲み取ってもらえなければ、詩人にとって悲劇というほかはない。しかし、長大な物語を丁寧に語る作家にとっては事情が異なる。『イリアス』、『オデュッセイア』で語られている出来事は今も原型として残っているが、アキレスやオデュッセウスは姿を消し、ホメロスが彼らの名前を通して語ろうとしたこと、彼らについてどう考えていたのかといったことは忘れ去られた。現在の彼の作品は、言ってみれば未知数間の正確な関係を表す複雑な方程式のようなものである。翻訳するものにとってこれほど豊かな可能性を備えた世界はない。ブラウニング[*9]のもっとも有名な本は、ある犯罪にかかわった人たちの十の詳細な報告から成っている。個々の報告書の違いは事件ではなく、人物の性格に由来しているが、それはホメロスの十種類の正しい翻訳に見られる違いのようにめくるめくばかりに大きなものがある。

一八六一年から一八六二年にかけて、ニューマン[*10]とアーノルドは翻訳の基本的な二つの方法について論争を戦わせたが、それは二人の論者以上に重要である。その中でニューマンはすべての単語の特異性を残らず保持する逐語訳を擁護している。一方アーノルドは、読者を戸惑わせたり、立ち止まらせたりするような細部を徹底的に排除し、毎行不規則になるお決まりのホメロスを本質的な、もしくは型どおりのホメロスに、つまり文章も観念も平明で、流麗でしかも崇高なホメロスに従属させるべきであると説いた。アーノルドの言葉どおりにすれば、快い統一と重々しさが得られるだろうし、ニューマンの言うところに従えば、たえず小さな驚きが得られるだろう。

続いて、ホメロスの一節がたどった運命を見ていくことにする。キンメリオイ族の住む常夜の町で(『オデュッセイア』第十一歌)オデュッセウスがアキレウスに語って聞かせる出来事を取り上げてみよう。ここではアキレウスの子ネオプトレモスのことが語られている。バックレーの逐語訳は以下のようになっている。「それでとうとうプリアモスの険しい城市を攻め落としたときには、立派な褒賞と分け前をもって一艘の船に乗船したのだった。何の傷害も受けずに、鋭い青銅(投げ槍)にも当たらず、一騎討ちで斬られもしないで、戦のおりには、ずいぶんとそうしたことも起こりうるものなのに。マールス(戦いの神)は手当たり次第に狂うというが。」ブッチャーとラングの訳も逐語的ではあるが、より擬古的である。

「しかしながらプリアモスの険阻な都城がついに攻め落とされるや、かの男は戦利品と見事な褒賞を手に無事船上の人となれり。軍神アレスが狂乱に見舞われしときは、戦場に危険が満ちあふれるというのに、激戦のさなかにあって鋭き槍で身を貫かれることも、刀傷を受けることもなかりき。」一七九一年のクーパー訳は以下のとおりである。「しかしついに険しく聳え立つプリアモスの城が打ち滅ぼされると、彼は手に余るほどの捕獲品の分け前を手に無事船に乗り込んだ。戦の神アレスが荒れ狂う乱戦においてはありがちな、手槍や投げ槍に当たることも、新月刀で刺されることも免れた。」一七二五年、ポープが監修した訳は以下のようになっている。「神々がその軍隊に征服の栄誉をもたらし、トロイアの壮麗な城壁が土煙とともに倒壊すると、ギリシアはその兵士の雄々しい働きに報いるために、彼の艦隊を数え切れぬほどの戦利品で満たした。彼は敵に傷つけられることも、マールスの雷霆に打たれることもなく、大いなる栄光に包まれて無事に帰還した。周りでは槍が鉄の雨のように降りそそいだというのに、それらはついに彼を傷つけなかった。」一六一四年のジョージ・チャップマンの訳では、「高みにあるトロイアが落城すると、彼は遠くから投げられた槍や切り結ばれた刀に傷つくこともなく、山のような戦利品と宝物を抱えて無事美々しい船に戻った。槍傷や刀傷は戦の施しものだというのに、彼はそれを望みながら傷を受けることはなかった。

激しい戦闘においては、マールスはつねに戦わず、ただ荒れ狂うのだ」となっている。一九〇〇年のバトラーの訳は次のとおりである。「市が占領されると、彼は莫大な戦利品の分け前を受け取って、船に積み込んだ。あの危険な戦いの中で彼はかすり傷ひとつ受けなかったが、これは周知のように、まったくの幸運によるものである。」

　最初の逐語的な二つの訳はさまざまな理由から読者の心を打つ。つまり、落城に関して敬意を込めて記述し、戦いにおいて人は必ずといっていいほど負傷するものだと率直に述べ、果てしない混乱を招く戦いを一人の神、それも神の狂気と唐突に結びつけている点がそうである。そのほか付随的な楽しみもある。つまり、わたしが引き写したテキストのある箇所では、「一艘の船に乗船する」という巧みな冗語法が用いられているし、別のところでは「そして……戦場には危険が満ちているというのに」といったように、本来なら原因の接続詞を用いるべきところに繋辞の接続詞をあてている。[☆1] 三番目、つまりクーパーの訳がこの中ではもっとも無難である。ミルトン[*11]風に当然誇張していいところまで、逐語的に訳している。一方、ポープの訳は並外れている。（ゴンゴラを思わせる）彼の華麗な文体は、最上級表現を考えもなく機械的に用いているところにその特徴を見出せる。たとえば、主人公が乗るたった一艘の黒い船が、ポープの手にかかると一艦隊にまで膨れ上がるのである。こうした誇張が全体的に用いられているポープの文章は二種類に分けられる。つまり、いくつかの箇所では純粋に雄弁体であるかと思うと（「神々がその軍隊に征服の栄誉をもたらし」）、別な箇所では視覚的なのである（「トロイアの壮麗な城壁が土煙とともに倒壊すると」）。雄弁と壮大な描写、これがポープの真骨頂である。熱情的なチャップマンも壮麗な描写を好んでいるが、彼はどこまでも抒情的であり、雄弁に傾くことはない。一方バトラーは、ホメロスのテキストを一連の冷静な報告書に仕上げようと考え、視覚に訴えるようなことはするまいと心に決めている。

読者はおそらく、以上に挙げた多くの翻訳の中でどれが忠実だろう、とお尋ねになりたいだろう。それに対して、どれも忠実ではない、もしくはすべてが忠実であると答えておこう。ホメロスの想像力や、彼が描いたふたたび戻ってくることのない人物たちや歳月に対して忠実かどうかという問いかけであれば、われわれにとってはいずれも忠実ではないと答えるしかないが、たとえば紀元十世紀のギリシア人にとってはすべてが忠実なのである。それがもしホメロスの抱いていた意図に対するものなら、わたしが引き写した多くの訳のどれもが忠実である。ただ逐語訳は別である。なぜなら、その長所のすべてを現代の風習との対比に負っているからである。その意味では、バトラーの穏やかな訳がもっとも忠実であると言えなくはない。

☆1――ホメロスは反意接続詞を乱用する癖がある。以下にその例を挙げておこう。

「死ね、(だが)わたしはゼウスを初め他の神々方が、それを果たそうとなされた折には、わが死の運命を甘んじて受けよう。」(『イリアス』第二十二歌)

「アステュオケがまだ花恥ずかしい乙女の頃、アゼオスの子アクトルの邸の内で、階上の寝所に上った。しかし、そこで猛きアレスと秘かに契って……」(『イリアス』第二歌)

「ミュルミドネス勢はさながら、言語に絶する凶暴さを胸に秘めた、生肉を啖《くら》う狼の群のよう――山中に角ある大鹿を仕留めて貪り食らうが、どの狼も頬は血に赤く……」(『イリアス』第十六歌)

「大神ゼウス、ドドネまたはペラスギコンと、遥かなる地に住まいまし、冬寒きドドネをしろしめす君よ、しかし君のいますあたりには、神慮を説き明かす祭司セロイたちが、足も洗わず地に臥して眠ります。」(『イリアス』第十六歌)

「女よ、この愛の契りを喜ぶがよい。一年の過ぎゆくうちに、そなたは優れた子らを産むであろう。神々の閨の契りが実を結ばぬことは決してないのだ。そなたはその子らを慈《いつく》しみ育てるのだぞ。さあ家へ帰り、口を慎んで決してわたしの名を明かすでないぞ。だが、よいか、われこそは大地を震わすポセイダイオンである。」（『オデュッセイア』第十一歌）

「次にわたしは豪勇ヘラクレスの姿を見たが、これは彼の幻影に過ぎず、当の身は不死身なる神々の間に在って宴遊を楽しみ、大神ゼウスと黄金のサンダルを召すヘレの御娘、踝《くるぶし》美わしきヘベを妻に持つ。」（『オデュッセイア』第十一歌）

最後に挙げた箇所を訳したジョージ・チャップマンの華麗な訳を付け加えておこう。

ヘラクレスの力強き偶像は
これらとともに投げ捨てられた
しかしこの運命も　雄々しい彼を押しひしぐことはなかった
彼は不死の神々の間で宴を楽しみ暮らした
天上の婚礼で　白い踝のヘーベーを
妻に娶《めと》った　ヘーベーはユーピテルと
黄金のサンダルのユーノーの愛児である

一九三二年

＊1――一八七二―一九七〇。イギリスの数学者、哲学者。
＊2――ジョージ、一五五九?―一六三四。イギリスの詩人、劇作家。

＊3――一八四四―一九一二。イギリスの詩人。
＊4――ヴィクトル、一八六四―一九三一。フランスの古典研究家。
＊5――一八三五―一九〇二。イギリスの作家。
＊6――一六八八―一七四四。イギリスの詩人。
＊7――一八五八―一九一五。フランスの詩人、小説家。
＊8――一六一八―六九。スペインの劇作家。
＊9――ロバート、一八一二―八九。イギリスの詩人。なお、本文の彼のもっとも有名な本とは『指輪と書物』のこと。
＊10――ジョン・ヘンリー、一八〇一―九〇。イギリスの神学者。
＊11――ジョン、一六〇八―七四。イギリスの詩人。
＊このエッセイのホメロスの翻訳は、呉茂一（集英社・ギャラリー世界文学全集所収）と松平千秋（岩波文庫）の訳を参照させていただいた。

フロベールと模範的な運命

イギリスにおけるフロベール信仰を根こぎにする、あるいはその力を弱める意図で書かれた評論のひとつで、ジョン・ミドルトン・マリイは[*1]、フロベールは二人いると述べている。ひとりはどちらかと言えば単純素朴で、田舎者のような風采と笑みを湛えた、骨ばってがっしりした体型の愛すべき人物で、この人は一貫性のない六巻に上る本を苦しみながら営々として書き続けた。もうひとりは実体のない巨人、象徴、戦いの雄たけび、旗印としてのフロベールである。正直言って、わたしにはこのような対比が理解できない。というのも、貪欲に美を追求し、すばらしい作品を生み出すために苦闘したフロベールこそまさしく伝説の人であり、（四巻に上る書簡集に書かれていることに嘘偽りがなければ）歴史上の人物でもある。彼が考えに考えて書き上げた重要な文学以上に重要なのがこのフロベールであり、その意味で彼は新しい人類の創始者アダムであると言えよう。つまり、彼は祭司であり、苦行僧であり、しかも殉教者と言ってもおかしくない文学者なのである。

のちほど見るように、古代においてはこのタイプの文学者が生まれる可能性はなかった。『イオーン』[*2]には、詩人とは「軽やかで羽のある、神聖なものであり、われわれがあの男は気が触れているというような霊感を受けた状態に陥るまで詩作を行うことができない」と書かれている。自ら望むところに霊感を吹き込む精霊（『ヨハネによる福音書』三・八）に関する教義に似た考え方は、詩人を個人として評価する考え方と対立する。つまり、古代において詩人は、聖なる存在がつかの間用いる道具でしかなかったのである。ギリシアの諸都市、あるいはローマにおいては、フロベールのような文学者は考えられない。おそらく彼にもっとも近いのは司祭にして詩人のピンダロス[*3]だろうが、彼は自分の頌歌を舗装した道路、潮の満干、金と象牙の彫刻、建築物になぞらえている。彼は文学という仕事の重みを感じ、それを具体的な形で表現したのである。

古典派の人たちが霊感に関して抱いている《ロマン派的な》教義[☆1]に、ひとつの事実を付け加えることができる。つまり、ホメロスは詩のあらゆる可能性を使い果たしてしまった、もしくはいずれにしても彼は詩、つまり叙事詩の完璧な形式を発見したという一般的な感情である。マケドニアのアレクサンドロス大王は、毎晩枕の下に愛用の短剣と愛読書の『イリアス』を忍ばせていた。トマス・ド・クインシー[*4]の伝えるところでは、あるイギリスの牧師は説教台の上から「人間の苦しみにかけて、人間の切望の偉大さにかけて、人間の創造の不死性にかけて、『イリアス』にかけて、『オデュッセイア』にかけて」誓うと述べたと伝えている。アキレスの怒り、故郷に帰還するまでのオデュッセウスの苦難、そうしたものは普遍的なテーマではない。後世の人たちは、その限界にひとつの期待をかけた。『イリアス』の物語の流れと構成に、別な物語を、詩神に捧げる霊感の祈りを、戦闘を、超自然的な仕掛けを次々に施していったが、それが後世の詩人たちの最大の意図、二十世紀にわたる詩人たちの最大の目標であった。そのことをからかいの種にするのは簡単だが、そこから生まれた幸運な果実である『アエネーイス』を笑うことはできない。(ランプリエール[*5]は、慎重に考えた末、ウェルギリウス[*6]をホメロスの恩恵に浴した詩人のひとりに含めている。)十四世紀、ローマの栄光に心酔していたペトラルカ[*7]は、ポエニ戦役のうちに叙事詩の永続的な主題を見出したと信じた。十六世紀、タッソ[*8]は、第一回十字軍をテーマにし、それについて二つの作品、というかひとつの作品をもとに二つのヴァージョンを書いた。最初の作品『エルサレム解放』はよく知られている。もうひとつの『エルサレム征服』は『イリアス』に似せようとしたが、結果的には文学的な骨董品で終わっている。『エルサレム征服』では、元のテキストの強調した箇所を和らげているのだが、もともと強調して語るべき作品に余計な手を加えたために、結局作品を台無しにしている。『エルサレム征服』(Ⅷ—23) を読むと、傷つき死を目前にした勇敢な男の描写が出てくる。

La vita no, ma la virtu sostenta quel cadavere indomito e feroce
(命ではなく、勇気があの不屈の猛々しい四肢を支えていた)

改訂版では誇張と強調が姿を消している。

La vita no, ma la virtu sostenta
il cavaliere indomito e feroce.
(命ではなく、勇気が
不屈の猛々しい騎士を支えていた。)

その後に生まれたミルトンは、英雄叙事詩を書くために生きた。幼い頃、おそらく字を書けるようになる以前から、自分は文学者になるのだと思っていた。叙事詩を書くには遅く生まれすぎた（ホメロスから、アダムからあまりにも遠く離れている）し、あまりにも寒冷な地に生まれたのではないかという不安も抱いていた。それでも長年の間懸命になって詩作の練習に励んだ。ヘブライ語、アラム語、イタリア語、フランス語、ギリシア語、それに当然のことだがラテン語を学んだ。ラテン語とギリシア語の六歩格やトスカナ風の十二音節の詩を書いた。放蕩にうつつを抜かせば、詩作の力が枯渇すると考えて、厳しく節制した。三十三歳のときに、詩とは、「最上のもので構成された、原型」となるべきものであり、賞賛に価しない人間には英雄、あるいは名高い都市を褒め称える資格はない、と書きつけている。自分の筆から人類が忘れることのない本が生まれてくると確信していたが、テーマがまだ見定められなかったために、ブリュターニュの素材[*9]や新旧の二つの聖書の中にそれを求めた。偶然発見された文書（現在それはケンブリッジ手稿と呼ばれている）の中で、彼は何百にも上るテーマを書きとめている。そして最後に、あの時代の歴史的なテーマであった天使と人間の堕落を選び取った。これはしかし現在では、象徴的で神話的なテーマと見なされている。[☆2]

ミルトン、タッソ、それにウェルギリウスは詩作に一生を捧げた。フロベールは散文に、よって、純粋に芸術的な作品を創造することに身を捧げた（わたしは身を捧げるという単語を厳密に語源的な意味で用いている）。文学の歴史を見ると、散文は詩の後に生まれている。このパラドックスがフロベールの野心を掻き立てた。「散文は昨日誕生した」と彼は書いている。「韻文は古代文学の卓越した形式である。韻律の組み合わせはすでに枯渇しているが、散文はそうではない。」また、別の箇所ではこう書いている。「散文は自分たちのホメロスを待っている。」

ミルトンの詩は天上界、地獄、現世、それに混沌を包摂している。しかし、作品はまだ『イリアス』、宇宙的なスケールになってはいるが『イリアス』の域を脱していない。一方フロベールは先行する手本を踏襲、もしくは凌駕しようとは考えなかった。個々のものにはそれにふさわしい語り方があるはずで、それを見つけ出すのが作家の義務であると考えていた。古典派とロマン派がかまびすしく議論を戦わせていたが、フロベールは、自分の犯した失敗は一つひとつ異なっているが、美はつねに明確さと正しさを求めるので、自分の成功している箇所はいずれも同じであり、ボワロー[*10]のすぐれた詩はユゴーのすぐれた詩と同じであると言った。音調のよさと正確さはあらかじめ調和を作り上げていると彼は信じており、「正しい語と音楽的な語の間に必然的な関係」があることに驚いている。他の作家が言語に関してこのような迷信じみた考えを抱けば、統語と韻律の面で妙な癖のある言い回しを用いるようになるものだが、フロベールはそうはならなかった。生来の高潔さのおかげで、その教義がもたらす危険を回避することができたのだ。彼は粘りづよく正しい語《モ・ジュスト》を誠実に追求した。正しい語は決まり文句を排除するものではないが、やがて象徴派のサロンで使われるようになる奇異な語《モ・ラール》へと頽落してゆく。

歴史の語るところでは、有名な老子は名もない市井の人としてひっそり暮らしたいと願っていたとのことである。無名の人でありたいという同じような思いと、同じように有名であるということが、フロベールの運命を特徴づけている。彼は著作から自分の影を消したい、あるいは神のように自ら創作した作品の中に目に見えない形で存在したいと願った。『サランボー』と『ボヴァリー夫人』が同じ作家のペンから生まれた作品だということをあらかじめ知っているからいいようなものの、そうでなければフロベールのそうした思いをわれわれが知ることはないだろう。フロベールの作品について考えるというのは、フロベール自身について、つまり熱意にあふれ、倦むことなくテーマについて調べ上げ、読み解けないような草稿を残した勤勉な作家について考えることにほかならない。キホーテとサンチョはこの二人の人物を創造したスペイン人の兵士[*11]よりも現実味を備えているが、フロベールの人物はどれを見てもフロベールほどの現実味を備えていない。中には彼の主著は『書簡集』だと言う人もいる。そう考える人なら、彼の運命の顔はあの男性的な著作の中に刻みつけられていると主張しても許されるだろう。

かつてロマン派の人たちにとってバイロンの運命がそうであったように、フロベールの運命は今なお模範的なものとして生き続けている。フロベールの技法を模倣した作品として『老妻物語』[*12]や『従兄弟バシリオ』[*13]を挙げることができる。彼の運命は神秘的な誇張と変容を伴って、マラルメ（マラルメの《世界は一冊の書物に到達するために存在する》というエピグラムはフロベールの確信を言葉にしたものである）、ムア、ヘンリー・ジェイムズ[*14]、それに『ユリシーズ』を織り上げたひどく難解でほとんど無限のアイルランド人作家[*15]のうちに繰り返されている。

☆1――その対極にあるのが、詩作を知的作業に変えたロマン派のポーの《古典的な》教養である。

☆2――ホメロスらしい特徴の変化を時代順にたどってみよう。『イリアス』ではトロイのヘレンがタピストリーを織っているが、そこにはトロイ戦争の戦闘と不幸が織り込まれている。

『アエネーイス』では、トロイ戦争から逃れてきた主人公がカルタゴにたどり着く。そしてその寺院に戦争の情景が描かれているが、戦士の中に彼自身の姿がある。二作目の『エルサレム征服』では、ゴドフロワが装飾で飾り立てられた迎賓館でエジプトの大使たちを迎えるが、そこには彼が行った戦争が描かれている。以上三つのうちで、最後のものがもっとも不幸な出来である。

＊1――一八八九―一九五七。イギリスの批評家。
＊2――プラトンの著作。
＊3――前五二二頃―前四四二頃。ギリシアの合唱歌作者。
＊4――一七八五―一八五九。イギリスの批評家、エッセイスト。
＊5――ジョン、一七六五―一八二四。イギリスの古典学者。
＊6――前七〇―前一九。ローマの《ラテン文学黄金時代》最高峰の詩人。
＊7――フランチェスコ、一三〇四―七四。イタリアの詩人、人文主義者。
＊8――トルクァート、一五四四―九五。イタリア・バロック文学の詩人。
＊9――五世紀から十一世紀末に古ブルトン語で書かれた物語で、文献は現存しないが、『トリスタンとイズーの物語』やクレチヤン・ド・トロワのアーサー王物語に受け継がれた。
＊10――ニコラ、一六三六―一七一一。フランスの詩人、批評家。

＊11——セルバンテスはスペイン軍の兵士としてイタリアに従軍し、トルコ軍と戦った。
＊12——イギリスの作家アーノルド・ベネット（一八六七―一九三一）が一九〇八年に出版した作品。
＊13——ポルトガルの作家エッサ・デ・ケイロース（一八四三―一九〇〇）が一八七八年に発表した小説。
＊14——一八四三―一九一六。アメリカの作家。
＊15——ジェイムズ・ジョイスのこと。

永遠の歴史（一九三六年）

永遠の歴史

I

時間の本質とは何かと問い、それを定義しようと試みている『エネアデス』[*1]（Ⅲ―7）のあの一節を見ると、そのためにはまず誰もが知っている時間の手本であり原型である永遠がどのようなものかを前もって知っておく必要があるとはっきり記されている。冗談でなくそう書いたのであれば、ことはいっそう重大だが、いずれにしてもあの序文は、それを書いた人と理解し合えるかもしれないというわれわれの期待を完全に裏切るように思われる。時間はわれわれにとって大きな問題、つまり人を不安に陥れる難問であり、おそらく形而上学上もっとも重要な問題だろう。それにひきかえ、永遠は一種のお遊び、くたびれた期待でしかない。プラトンの『ティマイオス』を読むと、時間は永遠の動く似像であると書かれている。この言葉はわれわれの心を打つこともないし、永遠は時間という実体によって作られた似像であるというわれわれの確信を揺るがすこともない。この似像、人間ならではの考え方の違いによってより豊かなものになった似像というこの粗雑な言葉を歴史的に跡づけたいというのが、わたしの意図である。

プロティノスの方法を逆手に用いて（あの方法を活用するにはそれしかないのだが）、まず時間、つまり人間が生み出した娘とも言える永遠よりも前にある形而上学的で、本性的神秘である時間に固有のあいまいさを取り上げてみよう。時間がどの方向に向かって進んでいるのかを明確にすることを阻《はば》んでいるのがそうしたあいまいさなのだが、これはもっとも扱いにくいものでもなければ、もっとも美しくないとも言えないものである。時間は過去から未来に向かって流れていくというのが一般的な考えだが、ミゲル・デ・ウナムーノ[*2]がスペイン詩の中に書き残した逆の見方もあながち非論理的とは言えない。

夜、時間の川は、永遠の未来である
その源泉から流れ出して

くる……

この二つの考え方はともに本当らしく思える——しかし、ともに証明することはできない。ブラッドリ*3はこの両者を否定して、自分の仮説を打ち出している。つまり、彼はわれわれの期待が作り上げたものでしかない未来を排除し、《現在》を過去の中に崩れ落ちていく今この瞬間であると規定している。このように時間を後退するものとしてとらえると、どうしても衰退に傾くか、もしくは無味乾燥になる。それにひきかえ、未来に向かうという考え方には強い力が備わっている……。ブラッドリは未来を否定している。インドのある哲学の学派は現在をとらえがたいものと考えて、否定している。「オレンジは枝から落ちずにとどまっているか、すでに地面に落ちているかのどちらかである」、と物事を単純化するきらいのあるあの奇妙な人たちは言う。「なぜなら、それが落ちるのを見た人はいないからである。」

時間からは別の難問も生じてくる。そのもっとも重要なもののひとつが、数学的な普遍的時間と人間一人ひとりの個人的時間、この両者をどうすれば同調させられるかというものだろう。この難問に関しては近年相対論的な立場から無理ではないかという不安の声が声高に上がっており、誰もがそのことを記憶している——もしくは、ほんの少し前まで記憶していたことを覚えているはずである。（ここでわたしなりに歪曲して書き直すと、以下のようになる。すなわち、時間がもし心的なプロセスであるとすれば、何千人もの人間、いや、たとえ二人であってもいいが、互いに異なる人間がどうしてそれを共有することができるだろう？）もうひとつは、エレア学派の人たちが運動を否定するために提起したもので、それは以下のように要約できる。「八百年という時の流れの中で、十四分という時間が経過することはありえない。なぜなら、その前に七分が経過しなければならないし、七分の前に三分三十秒が、三分三十秒の前に一分四十五秒が経過しなければならないといったように無限に続いていく。したがって、十四分は永遠に過ぎ去らない。[*4]」ラッセルは、無限数は現実性を備えており、陳腐でさえあるが、それは限りなく数をかぞえていった末に現れてくるものではなく、定義によって瞬時にもたらされるものであると言って、先のエレア学派の理論に反駁している。ラッセルの言う奇怪な数字は永遠を予期させる好例である。というのも、永遠もまた部分の列挙によって定義されないからである。

唯名論の永遠、イレナエウス[*5]の永遠[*6]、プラトンの永遠といったように、人間はいくつかの永遠を考え出したが、過去、現在、未来の集合という形での永遠は存在しない。それはより単純で、より魔術的である。すなわち、この三つの時間の同時性なのである。一般言語や

「新しい版が出るたびに前の版を懐かしく思い出す」あの驚嘆すべき辞書は無視しているようだが、形而上学者たちは永遠について次のように考えていた。「すなわち魂の周辺には、他のものに代わって、またさらに他のものが来るからである。すなわちある時にはソクラテスが、また他の時には馬がというふうに、存在の何かが絶えず一つ一つ現われて来るわけである」[7]と『エネアデス』のVに書かれている。「これに反して知性は、ただちにそのすべてを知るのである。……そしていかなる場合にも「将《まさ》に来たらんとす」ということはない。なぜなら、その将来においても、あるだけなのだから。また過去もない。なぜなら、そこには何も過ぎ去ってしまうものはなく、すべてはその場にいつも静止しているからである。それは自己のそのような有様に満足するかのように、すべてが同じままにあるからである。」

永遠についてはさまざまな考え方が生まれてきたが、そのもとになっているあの永遠について見ていくことにしよう。実を言うとプロティノスが最初に永遠を考え出したのではない――ある特別な本[8]の中で、プロティノスは自分よりも前の時代の、《古代の神聖な哲学者たち》について語っている。しかし、彼は先人たちが思い描いたことを敷衍《ふえん》し、輝かしい形で要約している。ドイッセン[9]はそれを日没に、すなわち熱情的な残光になぞらえている。永遠に関するギリシアのすべての考え方が、拒絶されたり、悲劇的な形で装飾されたりしてプロティノスの著作の中に収斂《しゅうれん》している。つまり、わたしが言おうとしているのは、二番目の永遠を秩序立てて説明したイレナエウスの先人に当たる哲学者がプロティノスだということなのである。イレナエウスの永遠は三つの異なってはいるが、分かちがたく結ばれている位格[*10]によって作り上げられている。

プロティノスは強い熱情を込めてこう書いている。「そこではすべてのものが天なのである。地も海も動物も植物も人間たちも天である。彼ら（神たち）は実有をもつすべてのものを見るのであり、しかも他者において自己自身を見るのである。というのは、（かしこでは）すべてのものが透明で、暗黒な所がない。光は光にとって明瞭だからである。あらゆる所にあらゆるものがあり、あらゆるものがあらゆるものであり、またそれぞれのものがあらゆるものである。またかしこでは太陽はすべての星であり、逆にまたそれぞれの星も太陽であり、すべての星でもある。また、それぞれのものがいわばよその土地の上に立っているのではない。」この均一な宇宙、同化と相互交換の賛美はまだ永遠と言えるものではなく、それは数と空間から完全に解放されていない隣接する天である。『エネアデス』Vの次の一節が永遠の観照と普遍的な形相の世界へとわれわれを向かわせる。「すなわちこの感覚される世界は、その大きさにおいて、その美しさにおいて、またその永遠に変わらぬ運動の秩序において、これを眺めやる者をして感嘆せしめるものがあるにしても、またこれには神々が――眼に見える神々[*11]も、またあらわには見えなくともなおいます神々も――宿りたまい、ダイモーンや動植物もこれに宿っていて[*12]、人はなおこれが原型となっている、もっと真実性の多い世界へと昇って行って、そこにもこれらすべてが直知の対象となって存在しているのを視なければならない。そこにも自己の意識と生命とをもつ永遠の存在があるのを視なければならない。そしてこれらの先頭には混じりけのない知性が立っており、はかるべからざる知恵が立っているのを視なければならない。そこに視られるものこそ真実のクロノス(Kronos)――すなわち豊満(koros)と知性の神なるクロノス――治下の生活なのである。すなわちこの豊満神はいっさいの不死なるものを自己自身のうちに含んでいるのであって、知性のすべて、神のすべて、魂のすべてがそのうちに含まれて、永遠に静止しているのである。なぜなら、すでに満足すべき状態にある者が、何で変化を求め、どこへ転出を求めよう。またその浄福も後から獲得されたものではなく、むしろ何もかも永遠のうちにあるのである。しかもそれは真の永遠なのである。時間はこれの模像にすぎず、魂の周辺を馳せめぐって、去るものを送り、来るものを迎えている。」

上の引用を見ると何度となく多様性に言及されているが、これがわれわれを誤りに導く。

プロティノスがいざなっている観念的な宇宙は、多様性よりも充溢（豊満）を求めている。それは選び抜かれた目録で、そこに反復や冗語が入ることはない。それはプラトン的原型が納められている恐るべき不動の博物館である。死ぬべき運命にある人間の目が（幻視的な直観、あるいは悪夢は別にして）そうしたものを見たことがあるかどうか、あるいはあれを考えついた大昔のギリシア人がそれを博物館として提示したことがあるのかどうか知らないが、そこに静謐《せいひつ》で、化け物じみていて、分類された博物館のようなものをわたしは感じる……。それが個人的な想像力にかかわるのなら、読者にしても別に忘れていいが、永遠の中に住み着き、それを作り上げているプラトン的原型、あるいは根本原因、理念に関する全体的な概念となると、これは忘れるわけにはいかない。

ここでプラトンの体系について長々と議論するわけにはいかないが、予備的なことなら多少触れてもいいだろう。われわれにとって、事物の最終的で確固たる現実性というのは、素材（質料）である――つまり、原子の孤独の中、星々の間を駆けめぐる回転の電子がそれである。一方、プラトン的な考え方のできる人間にとっての現実性は、種と形相である。『エネアデス』のⅢに、素材は真ならざるものであるという一文が見える。つまり、素材は鏡が形相を受け止めるように、普遍的な形相を受け止める単なる中空の受容体でしかなく、その形相が素材を変化させないまでも、掻き回し、その中に住み着くのである。その充足はまさに鏡のそれで、充溢するかに見えてその実、空っぽなのである。それは幻（表象）であり、存在することをやめることもできないがゆえに、消滅することもない。基本的なものとは、形相である。形相についてペドロ・マロン・デ・チャイデ[*13]はずっと後に、プロティノスの言葉を繰り返してこう述べている。「神の力であなたは八角形の金の印章を持ったと考えてみるがいい。ひとつの面にはライオンが彫ってあり、別の面には馬、また別の面には鷲といったように他の面にもそれぞれ何かが刻んである。蠟の小さな塊にライオンを刻印し、別の面に鷲、また別の面に馬を刻印する。蠟に刻印されたものは言うまでもなく金に刻んであるのと同じものであり、そこに刻んであるもの以外を蠟に刻印することはできない。しかし、ひとつ違いがある。つまり、蠟に刻印したものはしょせん蠟でしかなく、価値がほとんどない。一方金に刻まれているものはどこまでも金であり、価値が高い。被造物に備わっている完全さは、有限であまり価値がないが、神においてはそうした完全さは金であり、神自身である。」以上からわれわれは、素材には何の価値もないと推測することができる。

このような見方をわれわれは誤った見方、いや、それどころかとんでもない見方と見なしているが、その実たえずいろいろなものに適用している。ショーペンハウアーの書いたある章は、ライプツィヒの公文書記録所に収められている文書でもなければ、印刷物でもないし、優雅な曲線を描くゴシック風の字体で書かれた文章でもなければ、あの章を構成している音声の羅列でもないし、ましてやショーペンハウアーについてわれわれが抱いている考えでもない。ミリアム・ホプキンズ[*14]はミリアム・ホプキンズ自身で作り上げられており、ハリウッドの華奢な銀の亡霊、あるいはハリウッドの理解しやすい本質の象徴とも言えるはかない命の実体を作り上げている窒素、あるいはミネラルの原基や炭水化物、アルカロイド、中性脂肪といったもので出来ていない。こうした説明や悪意のない詭弁は以下に述べるようなプラトン的原型の理論へとわれわれを突き動かす。「個人や事物は、それらを含んでいる種、この種が永続的な現実なのだが、その一部になってはじめて存在するのである。」もっとも分かりやすい例、つまり小鳥を例にとってみよう。小鳥というのは群をなす習性があり、身体が小さくて、さまざまな特徴が一致し、古来一日の始まりと終わり、つまり夜明けと夕暮れと結びつけられてきたし、その姿を目にするよりもさえずりを耳にすることのほうが多いという共通点を備えている。以上のことから、われわれは小鳥を個体と見なすことはほとんどなく、種として考えるようになっている。[☆1]誤りを犯すことのないキーツ[*15]は、自分を魅了した小夜啼き鳥が、ルツ[*16]がユダ王国のベツレヘムの小麦畑で聞いたのと同じ鳥だと空想するだろう。スティーヴンソン[17]は、《時を喰らう小夜啼き鳥》という表現で、何世紀もの時間を飛び越える一羽の小鳥を生み出している。ショーペンハウアーは、ある理論を打ち出している。つまり、動物は肉体的、かつ純粋に今現在を生きておりそれゆえ死と記憶を知らないと述べている。そして、微笑を浮かべてこう付け加えている。「もしわたしが誰かに、この中庭でたわむれている猫は五百年前（訳者注——『ショーペンハウアー全集 7』〔白水社刊〕では、三百年になっている）に躍びはね、ずるく立ちまわった猫と同一のものだ、と真顔《まがお》で断言しようものなら、その人はわたしを気違いとおもうであろう。……がしかしまた、今日の猫が徹頭徹尾別物であるとおもうのはこれ以上に狂気の沙汰《さた》である。」そのあと、彼はこう述べている。「個々のライオンの運命と生命が求めるのはライオン自体であるが、時間の中で考察すると、ライオン自体というのは個体の無限の交代を通して保たれており、個々のライオンの生と死が不死の姿を形作っているのである。[18]」その少し前のところでは、次のように言っている。「「わたしの生誕以前に無限の時間が経過した。ではそのあいだじゅうわたしは何であったか？」という問いほど、自然な問いはないであろう。——形而上学的にはあるいは「わたしはつねにわたしであった。つまりかの時間の経過中わたしを名のったすべての人がまさにわたしであった」と答えることもできよう。」

わたしの読者なら、永遠のライオン自体と言っても容認してくれるだろうし、時間の鏡の中で増殖したあの唯一のライオンを前にして大きな満足感を得るだろう。ただ、永遠の人間自体という概念に関しては、同じような反応は期待できない。われわれの自我がその概念を拒絶し、無謀にもほかの人たちの自我にそれを押しつけようとすると分かっているからである。困ったことに、プラトンが提起している形相はそれよりもはるかに手が込んでいる。たとえばテーブル自体、もしくは天上の可知的なテーブルがそれで、夢見、挫折すべく運命づけられている世界中のすべての家具職人が追い求めている四本脚の原型のことである。（わたしはテーブル自体を完全に否定することができない。なぜなら、イデアとしてのテーブルがなければ、われわれは具体的なテーブルにたどり着けなかったはずだからである。）たとえば、空間の中に存在せず、身を落として等辺、不等辺、二等辺のいずれの三角形にもなろうとしない、三つの辺がある名高い多角形の三角形性がそれである。（これも拒絶することができない。なぜなら幾何学の初等教本に出てくる三角形だからである。）たとえば、必然性、理性、延期、関係、思慮、大きさ、秩序、悠長さ、位置、宣言、無秩序といったものもそうである。思考にとって便利な形相にまで高められた言葉に関しては、なんと言うべきか分からない。どんな人でも、死、熱情、狂気の助けなしにはそうした言葉を直観で把握することはできないだろうとわたしは考えている。もうひとつの原型、すべての原型を包摂し、それらを高める原型、つまり永遠を忘れていたが、その切り刻まれた写しが時間なのである。

読者がプラトンの説を疑わしいと考える理論的な根拠をもっておられるかどうか知らないが、わたしなりにいくつか挙げることはできる。与えられた原型の世界には属性を与えられた語と抽象的な語がごたまぜ《サン・ジェン》になって共存しているが、この二つのものは本来性格が異なるという点がひとつ、もうひとつは物事がどのようなやり方で普遍的形相の一部になるのかについてあの説の創始者が何も語っていないというもので、第三点は腐敗することのない原型自体が混交と多様性に苦しんでいると推測されることである。これらの問題は解決できないわけではない。時間から生まれた被造物と同じように原型にもあいまいで漠然としたところがあり、被造物の姿に似せて作られているので、まったく同じ異常さを備えていて、それを消し去りたいと願っているのだ。ここでライオン自体について考えてみると、この言葉を百獣の王らしさ、赤さ、たてがみ自体、前脚による一撃自体といったものと切り離して考えられるだろうか? この質問に対する解答はないし、あるとも考えられない。《ライオン自体》という言葉からわれわれは、《自体》という接尾辞をもたないこの単語がもつよりもはるかに大きな実在性を期待してはならない。☆2

ここでプロティノスの永遠に戻ろう。『エネアデス』のVに永遠を作り上げているさまざまな部分の大雑把な目録が出てくる。数字（どこまでかは分からない）、美徳、行為、運動とともに正義もその中に含まれている。しかし、誤謬、ののしりは、素材が病気に冒されて、形相が腐敗したものだという理由で入っていない。音楽は出てくるが、メロディではなく、和音とリズムとしてである。病理学と農業は、必要がないとの理由から原型がない。同様に、財産、戦術、修辞学、統治の技術も省かれている——もっとも時間が経てば、そうしたものが美と数から何かを引き出す可能性はある。個人は存在しない。ソクラテスも、背の高い男も、あるいは皇帝といった基本となる形相も存在せず、一般的な人間がいるにすぎない。それにひきかえ、幾何学的な図形はすべてそろっている。色彩については原色しかない。灰色、紫色、緑色はあの永遠の中には存在しない。昇順でもっとも古い原型を見ていくと次のようになっている。異、同、動、静、有。

われわれはここまで世界よりも貧困な永遠を検討してきた。後はわれわれの教会がその永遠を受け入れ、長い年月がもたらすよりもはるかに大きな富をもたらしたかどうかを見ていかなければならない。

II

第一番目の永遠に関するもっともすぐれた資料が『エネアデス』のVだとすれば、二番目、つまりキリスト教的な永遠に関するもっともすぐれた資料は聖アウグスティヌス[*19]の『告白』の第十一巻である。第一番目の永遠はプラトンの説がなければ生まれてこなかっただろうし、第二番目のそれは三位一体に関する信仰告白の秘蹟がなければ、また予定説と永罰に関する論争がなければ生まれてこなかったものである。このテーマについては二つ折判の用紙五百枚を使っても論じきれないだろうが、わたしは八つ折判用紙二枚か三枚でも多すぎると思われないように願っている。

マルクス・アウレリウス[*20]が持病の腸の病で死んだ数年後に、〝われわれの〟永遠が宣言された。そのめくるめくような決定がなされた場所がかつて古い広場《フォルム・ウエトウス》と名づけられ、今はケーブル・カーとバシリカで有名なフールヴィエールの丘の斜面であると断定しても、そう大きな過ちを犯すことにはならないだろう。決定を下した人物――イレナエウス司教――の権威にもかかわらず、その抑圧的な永遠は祭服の無意味な付属品、あるいは教会の豪華な装飾とは比べようのないものであった。それはひとつの決定であり、武器であった。御言葉は父によって生み出され、聖霊は父と御言葉によって生み出された。グノーシス派の人たちはこの二つの否定できない作用から推測して、父は御言葉に先立ち、この二つは聖霊に先立つものだと考えるのがつねであった。そうした推測は三位一体を無効にしてしまう。イレナエウスは、――父による子の産出と両者による聖霊の発生という――この二重のプロセスは時間の中で起こったものではなく、過去と現在と未来を一気に消し去るものであると説明した。この理論が優勢を占め、今では教義になっている。こうして、それまで否定されていたプラトンのあるテキストの中に隠れてほとんど容認されなかった永遠が、公式に発布されることになった。主の三つの位格がどう適切に結びつき、それぞれの差異をどうとらえるかという問題は今から思えば信じがたいもので、その意味のなさはもたらされた解答にまで悪影響を与えているように思われる。しかし、その結果の重要性については、「永遠は純粋に今現在である。《アエテルニタス・エスト・メルム・ホディエ》それは無限の事物を直接的かつ明晰に享受することである《エスト・インメディアタ・エト・ルキダ・フルイティオ・レルム・インフィニタルム》」といった単に期待を抱かせるだけの一文からもうかがえるように、疑問の余地はない。三位一体にはまた疑いもなく、感情的で論争的な重要性も備わっている。

現在カトリックの平信徒は、三位一体を無限に正しく、同時に無限に退屈な同業者組合のように考えており、一方自由派の人たちは、神学的で無意味な地獄の番犬《ケルベロス》、共和国の数々の進歩がやがて消滅させるはずの迷信と考えている。言うまでもないが、三位一体はそうした型にはまった考え方を超越している。父と子と聖霊をたったひとつの器官に結合させたわけだが、この唐突な思いつきは知的奇形学の一症例、不気味な悪夢だけが生み出しうる奇形のように思われる。地獄というのは単なる肉体的な暴力でしかないが、三つの神学的な位格が解きほぐせないほど複雑に絡み合っているというのは、知的恐怖、合わせ鏡のように息苦しい見せかけの無限をもたらす。ダンテは三つの位格を透明で色合いの異なる円環を重ね合わせることで表現しようとしたし、ダン[*21]は豪華で分割できない蛇の絡み合っている象徴で表そうとした。聖パウロは、「三位一体は全的な秘儀の中で輝く《トト・コルスカト・トリニタス・ミステリオ》」と書いた。

救済の概念と切り離してしまうと、三つの位格がひとつになっているという特徴はどう見ても恣意的なものとしか思えない。それが信仰上必要だというのであれば、基本的な秘儀の重要性は変わらないものの、その意図するところと効用が浮かび上がってくる。三位一体――あるいは、少なくとも二位一体[*22]――を放棄するということは、イエスをわれわれの信仰帰依の永遠不滅の聴取者でなく、主の遣わされた臨時の使節、歴史上の偶発的な出来事と見なすことになる。子が同時に父でもあるというのでなければ、救済は神の直接的な御業でなくなる。永遠の存在でなければ、子が人間に身を落として、十字架の上で死ぬという犠牲的な行為も永遠のものでなくなる。「無限の卓越性だけが、無限の時代にわたって堕落した魂のために償いをすることができたのだ」とジェレミ・テイラー[*23]は言った。教義はこのようにして正当化されうるが、父による子の産出とこの両者による聖霊の発生という考え方は、単なる隠喩でしかないという非難すべき点を別にすれば、今なお漠然とではあるが強い力を保ち続けている。懸命になってそれらを区別しようとしてきた神学は、一方から生じた結果が子であり、もう一方から生じた結果が聖霊である以上、混乱が生まれることはないと結論づけている。子の永遠の産出と聖霊の永遠の発生、これがイレナエウスの見事な決定である。つまりそれは無時間的な行為である。放棄すること、もしくは大切にすることはできるが、議論の対象とはならない無時間的な時間の御言葉《ツァイトローゼス・ツァイト・ヴォルト》の創造である。イレナエウスはこうして怪物を救済しようとし、それを成功させた。彼がギリシアの哲学者を敵視していたことは分かっている。相手の武器のひとつを自分のものにして、それで相手に立ち向かうというのは彼に戦う喜びをもたらしたはずである。

　キリスト教にとって、時間の最初の一秒は創造の最初の一秒と一致する――そのせいで、《それ以前の》永遠の荒涼とした世紀をさまよい歩いていた空位の神の姿（これは少し前にヴァレリーによってふたたび取り上げられた）がわれわれの目から覆い隠されてしまう。エマヌエル・スウェーデンボリ[*24]（『真なるキリスト教』、一七七一）は精神の宇宙の果てに幻のような彫像を目にするが、「世界を創造する前の主の条件についてばかげた、不毛の考察をする人たち」がその彫像に呑み込まれたと想像している。

イレナエウスが永遠を言い出して以来、キリスト教的永遠はアレクサンドレイアのそれ[*25]とは別なものになりはじめ、別の世界になることで、神の精神の十九の属性のひとつになっていった。原型は民間の崇拝の対象になったが、そのせいで神、あるいは天使に変貌する危険が生まれてきた。単なる被造物よりも重要な原型はその現実性を否定されなかったが、創造的な御言葉の中で永遠のイデアに変わった。《個体の前の普遍《ウニウエルサリア・アンテ・レス》》[*26]という概念につまずいたのがアルベルトゥス・マグヌス[*27]である。彼は、原型を創造によって生み出された事物よりも前に存在する永遠のものであるが、それは霊感もしくは形相という形でしかないと考えた。それらの原型と、時間の中でさまざまに肉化された聖なる概念そのものである《個体の中の普遍《ウニウエルサリア・イン・レブス》》と、またとりわけ、帰納的な考察によって再発見された概念である《個体の後の普遍《ウニウエルサリア・ポスト・レス》》をきわめて慎重な手つきで区別した。時間的概念は創造的な力をもたないという点で聖なる概念と異なっているが、それ以外の点では同じものである。神のカテゴリーは正確にはラテン語のカテゴリーと違うのではないかという疑念は、スコラ哲学には存在しない……。わたしが先へ進みすぎていることは自分でもよく分かっている。

　神学のどの入門書も、特別な思い入れを込めて長々と永遠を論じていない。そうした入門書は、永遠とは時間のすべての部分を同時的かつ全体的に直観で把握することであると規定して、信用できない確証を求めてヘブライ語の聖書を倦むことなく捜しまわっているが、わたしの見るところ聖霊が分かりにくい表現で言っていることを、注釈者が明快に説明しているようである。入門書はまた、「主を前にしての一日は百年のようであり、百年は一日のようである」という生を軽視するか、あるいは長寿をことほぐ言説、もしくはモーセが耳にした、神の名前である「わたしはありてあるもの」であるという偉大な言葉、あるいは神学者聖ヨハネがガラスの海と真紅の獣、船長を喰らう鳥を前にしたときとその後にパトモスで聞いた「わたしは、アルパでありオメガである。初《はじ》めであり終《おわ》りである」[☆3]という言葉をしきりに使っているが、そこにはすでに述べたような意図が込められているからにほかならない。入門書はまた決まって、ボエティウス[*28]が（おそらく剣によって処刑される前夜に牢内で考えた）「永遠とは、限りない生命を全体的かつ完全に所有することである」《アエテルニタス・エスト・インテミナビリス・ウィタエ・トタ・エトペルフェクタ・ポセシオ》という定義や、ハンス・ラッセン・マルテンセン[*29]が繰り返し使っている（わたしはこちらの方が好ましいと思うが）ほとんど官能的といってもいい「永遠は純粋に今現在《アエテルニタス・エスト・メルム・ホディエ》である。それは無限の事物を直接的かつ明晰に享受すること《エスト・インメディアタ・エト・ルキダ・フルイティオ・レルム・インフィニタルム》である」という定義を引き写している。それにひきかえ海と地の上に立っている御使《みつかい》の難解な誓いの言葉が軽視されているように思われる。「天《てん》とその中《なか》にあるもの、地《ち》とその中《なか》にあるもの、海《うみ》とその中《なか》にあるものを造《つく》り、世々《よよ》限《かぎ》りなく生《い》きておられるかたをさして誓《ちか》った、「もう時《とき》がない」」（聖書『ヨハネの黙示録』一〇・六）。ここに言う「時がない」という言葉は「遅延できない」という意味であることは言うまでもない。

　永遠は神の無際限の精神の属性になった。よく知られているように、神学者たちは何世代にもわたってイメージの中で自らに似せて神の精神を作り上げようとしてきた。永劫《アブ・アエテルノ》よりの予定という説にまつわる論争ほど刺激的なものはなかった。キリスト受難から四百年後に、イギリス人の僧侶ペラギウス[*30]は、罪なき者はたとえ洗礼を受けていなくても、死後に天上の栄光を授かることができるという許しがたい考えを表明した。[☆4]ヒッポの司教アウグスティヌスは怒りを込めてその説に反駁したが、彼の著書を編纂する人たちは大喜びして拍手している。アウグスティヌスは有徳な人や殉教者たちによって忌み嫌われたあの教義に潜む異端的な性格を指摘した。つまり、すべての人間はアダムにおいて罪を犯し、死を迎えたのに、そのことを否定している。また、彼の死は肉の世代によって父から子へと受け継がれたのに、それをいとわしいことに忘れ去っている、彼は血の汗、超自然的な苦悶、十字架の上で死を迎えた人の叫びを軽視している、聖霊の秘められた好意を拒絶し、主の自由を制限している、と述べている。イギリス人の僧侶は大胆にも裁きを求めた。弁舌さわやかで、裁きに慣れたあの聖人、すなわちアウグスティヌスは、審判にかけられれば、すべての人間は容赦なく地獄の業火に焼かれておかしくないが、「その計りがたい自由意志によって」、もしくはずっと後になってカルヴァンがいささか乱暴に「そう望まれたがゆえに《キア・ウォルイット》」神が何人かの人を救う決意をなされたことを認めている。彼ら少数の人たちは運命でそうなるべく定められているのだ。神学者たちの偽善、あるいは慎ましやかな沈黙によって、その言葉は天上へ行くべく定められた人たちのために大切にしまい込まれている。地獄の苦しみを味わう人には、そのような言葉は存在しない。実のところ、恩寵に恵まれていない人たちは永遠の炎に焼かれることになるが、それは主がうっかりしていただけで、特別に何をしたからということではない……。このようにして、永遠の概念が革新されたのである。

　偶像を崇拝する人たちが何世代にもわたって地上に住み続けてきたが、彼らは神の言葉を拒絶、もしくは受け入れる機会をもたなかった。そのようなものがなくても救済されると考えるのは、有徳の士として知られる人たちのうちの何人かは天上の栄光にあずかれないということを否定するのと同じで、人間の思い上がりであった。（ツウィングリ[*31]は一五二三年に、天国でヘラクレスやテセウス、ソクラテス、アリスティデス、アリストテレス、セネカと一緒に暮らしたいという個人的な希望を表明している。）主の九番目の属性（すなわち全知という属性）を拡大解釈することによってその問題は解決された。全知であるためには、すべてのこと、すなわち現実の事柄だけでなく、可能性のあることまで知っておく必要があると公式に発表された。そのような無限の知識を示す箇所はないかと聖書を検索し、二箇所あることが分かった。ひとつは『サムエル記上』のあの箇所である。その中で主はあなたがこのケイラの町を出ていかなければ、ケイラの人々はあなたを（サウルの手に）渡すでしょうとダビデに言い、ダビデは町を出て行った。もうひとつは『マタイによる福音書』のあの箇所である。そこでは二つの町が呪われている。「わざわいだ、コラジンよ。わざわいだ、ベッサイダよ。おまえたちのうちでなされた力《ちから》あるわざが、もしツロとシドンでなされたなら、彼《かれ》らはとうの昔《むかし》に、荒布《あらぬの》をまとい灰《はい》をかぶって、悔《く》い改《あらた》めたであろう。」この二つの文章をもとにして、言葉のもつ潜在的な形態が永遠の中に組み入れられることになった。つまり、ウルリッヒ・ツウィングリが教会年を遵守したであろうことを神は知っておられるので、天上でヘラクレスとともに暮らしているが、レルナのヒドラは洗礼を拒んだことが明白なので、天国の圏外の闇の中に追いやられている。われわれは現実の出来事を知覚し、可能な（そして未来の）それを想像する。こうした区別は無知と時間に属するものなので、神のあずかり知らないことである。神の永遠は、いろいろなもので満ちているこの世界のすべての瞬間だけでなく、もっとも移ろいやすい瞬間が変化したとしたら、それとともに生じるであろう瞬間――それにありえない瞬間――までもが一息に《ウノ・インテリゲンディ・アクトゥ》記録されている。厳密で、しかもさまざまなものが組み合わされたその永遠は宇宙よりも量的にはるかに豊かなのである。

さまざまなプラトン的永遠が抱えるもっとも大きな危険は無味乾燥になることだが、こちらの永遠は『ユリシーズ』の最後のほうのページ[32]、それに膨大な問いかけから成るその前の章に似てくるという危険がある。そうするとどうしても冗長になるが、それに歯止めをかけているのが、アウグスティヌスの緻密で堂々とした疑問であった。彼の教義は言葉だけのものではあるが、人間を永劫の罰に落とすまいとしている。つまり、主は選ばれた人たちのみに目を向けて、罪深い人たちを大目に見ているというわけである。主はすべてをみそなわしているが、強い関心を抱いているのは徳の高い人たちの生活である。禿頭王シャルル[33]の宮廷付き教師ヨハンネス・スコトゥス・エリウゲナ[34]はその考えを華麗な形で歪曲した。彼は、神は未決定なものであると説いた。プラトン的原型の住む球体について語り、神は罪も悪のさまざまな形態も知覚しないと説き、神格化について、つまり被造物（時間や悪魔も含めて）が最終的に神の原初の統一に回帰すると述べている。「神聖な善性が悪を消し去り《デウィナ・ボニタス・コンスムマビット・マリティアム》、永遠の生が死を《アエテルナ・ウイタ・アブソルベビット・モルテム》、至福が不幸を《ベアティトゥド・ミセリアム》吸収するだろう。」こうした雑多なものが混ざり合った永遠（プラトン的永遠と違い、これは個人の運命を含んでいるし、正統的な制度と違って、あらゆる不完全さと不幸を退ける）は、バレンシアとラングレスの教会会議[*35]で厳しく批判された。その永遠を説いた問題の書物『自然区分論』巻Ⅴは公衆の面前で焚書にされた。この適切な処置のおかげで、愛書家の関心を掻き立て、そのせいでエリウゲナのあの本は現代まで生き延びることができたのである。

宇宙は永遠を求めている。神学者たちは、もし主がこれを書いているわたしの右手から一瞬でも注意を逸らせば、この手は光のない炎に焼かれたように虚無の中に落ちていくということを知っている。だからこそ彼らは、この世界の保持とは絶え間ない創造にほかならず、この世界で対立している《保存する》と《創造する》という二つの動詞が天上では同義語であると見なしている。

Ⅲ

ここまで永遠に関する全般的な歴史を年代順に追ってきたが、この永遠は複数形にしておく方がいいだろう。というのも、人間はこの名称で対立しつつ長い間受け継がれてきた二つの夢を見ようとしてきたからである。ひとつは実在論的な夢で、これは奇妙な愛情を込めて被造物の静止した原型を希求する。もうひとつは唯名論的なそれで、原型の現実性を否定し、宇宙の細部のすべてをたった一秒のうちに集約しようとする。前者は実在論に基礎を置いているが、この教義はわれわれの存在からあまりにもかけ離れているために、自分自身のものも含めてあらゆる解釈をわたしは疑わしく思っている。後者は実在論と対立している唯名論に基礎を置いており、個物の実在性を肯定し、種というのは慣習的なものでしかないと考えている。現在われわれは全員が、深い考えもなしに喜劇小説を書く愚鈍な散文作家のようにそれと知らずに《サン・ル・サヴオワール》唯名論を実践している。つまり、唯名論はわれわれの思考の一般的な前提、獲得された公理のようなものである。それゆえ、それについて言及しても意味はない。

ここまでは、永遠に関する議論とローマ教皇庁の見解を年代順に追ってきた。はるか昔の人々、ひげを生やし、司教冠をつけた人々、彼らは表向きさまざまな異端を混同しているふりをして、三つの位格が一体化していることを正当化するために、また裏では何らかの形で時の流れを遅らせるために永遠について考えてきた。「生きることは時間をむだにすることである。永遠の形式のもとでなければ、何ものも回復、もしくは保持することができない。」エマソン的な[*36]スペイン人ジョージ・サンタヤーナ[*37]はそう書いている。この一節に対しては、ルクレティウス[*38]の性交の欺瞞性に関するあの恐ろしい文章を併置しておくだけでいいだろう。「ちょうど夢の中で、咽《のど》の渇いた者が水を飲みたいと思い、しかも体内の焦げつく思いを消し得る水が得られず、水の映像を求め、努力しても空しく、奔流の真中に這入って飲みながら乾いている時のように、恋愛においてもこれと同様で、愛の神は恋する者に映像を見せて欺き、肉体も眼前に見ることとでは満足を与えることはできず、体中を不安に撫で廻しても、柔い四肢からは何物をも手で撫で取ることはできないのだ。最後に肉体がその喜悦を予知し、愛の神《ウエヌス》が女性の畑に種子を植えつけようとする時、彼らは懸命に抱き合い、口の唾液を交え合い、歯を唇に押しつけながら深い呼吸をする、がすべて空しいことである。というのは、何もその為に得ることはない以上、彼らは全身を以て他の肉体内に滲透することも、解け込むこともできないからである」(『物の本質について』樋口勝彦訳)。原型と永遠——この二つの言葉――はより確固とした所有を約束する。言うまでもないが、連続性は耐えがたい惨めさであり、度量の大きなこの欲望は時間のあらゆる分秒と空間のあらゆる多様性をわがものにしようとする。

周知のように、個人のアイデンティティは記憶に依拠しており、その機能が働かなくなれば、人はうつけてしまう。それと同じことが宇宙についても言えるだろう。永遠がなければ、つまりすべての人の魂を通過した出来事すべてを映し出すデリケートで秘めやかな鏡がなければ、個人の歴史を含む世界の歴史は失われた時間になるだろう――そのことによって、われわれは悲しいことに亡霊と化すのだ。ベルリナーのレコード盤、あるいは透明なフィルムによる映画だけでは十分ではない。それらは単なるイメージの中のイメージ、偶像の中の偶像でしかない。永遠は宇宙よりも量的に膨大な発明なのである。たしかに永遠は想像もつかないものだが、貧しくて連続する時間もまた想像できない。永遠を否定すること、都市や川、歓喜に満ちあふれている歳月をことごとく無に帰することは、そのすべてを救い上げることを想像するのと同様考えられないことである。

永遠はどのようにしてはじまったのだろう? 聖アウグスティヌスはその点について何も知らないはずだが、ひとつの解答になると思われる事実、つまり過去と未来を作り上げている要素は現在のうちに存在するという点を指摘している。彼は的確な例を、つまりある聖歌の朗唱を例に挙げている。「私が歌いはじめる前に、私の期待はその全体に向けられるが、私が歌いはじめると、期待のなかから引き抜いて過去のなかへ入れたすべての部分に私の記憶も向けられる。このような作用となって現われる私の生命は……私が歌った部分についての記憶と私が歌おうとする部分についての期待に向けられる。……。また、聖歌の全体に起ることは、その個々の部分にも起り、その個々の音節にも起る。こうしたことはあの聖歌をおそらく小部分として含むようなもっと長い作用にも起り、人間のすべての活動を部分として含む人間の生活全体にも起り、人間のあらゆる生活を部分として含む「人の子ら」(『詩篇』三一の一九)の全世代にも起る」(『告白』渡辺義雄訳)。上記のように時間の中に含まれているさまざまな時間[*39]が互いに密接に関連していると認めるということは、連続性を容認することにほかならず、これは均一な永遠のモデルと相容れないものである。

郷愁の対象はあのモデルであったと、わたしは考えている。長年外国で暮らし、気が弱くなった人間は自分が幸せになれたかもしれない可能性をあれこれ考えるが、そのときの可能性のひとつが実現されるということは、ほかのすべてを放棄するか、もしくは後回しにすることだということを完全に忘れて、《永遠の相のもとに《スブ・スペキエ・アエテルニタテイス》》それらを思い浮かべる。激しい感情に駆られると、記憶は無時間的なものに傾く。われわれは過去に経験したさまざまな喜びをひとつのイメージに集約する。つまり、毎日目にする日没の真っ赤な太陽は微妙に色が変化しているが、記憶に残っているのはたった一つの夕日のはずである。予見についても同じことが生じる。まったく相容れない矛盾する期待が何の問題もなく共存している。別の言い方をすれば、永遠とは願望のひとつの様式なのである。(列挙は特殊な喜びをもたらしてくれるが、その原因は——無限の事物を直接的かつ明晰に享受することである《インメディアタ・エト・ルキダ・フルイティオ・レルム・インフィニタルム》——永遠なるものがそこに暗示されているからだというのは、本当のように思われる。)

Ⅳ

後は永遠に関する自分自身の理論を読者に伝えるだけでいいだろう。その永遠は、神はもちろん、神以外の所有者もいなければ、原型もない貧困なものである。わたしは一九二八年に出版した『アルゼンチン人の言語』という本の中で、それについて書いたことがある。あのとき書いたものをそのままここに引き写すことにするが、それには「死の中にいると感じる」というタイトルがつけられている。

「ここで数日前の夜に経験したことを振り返ってみよう。つかの間の恍惚感をもたらしてくれたが、冒険と呼ぶにはあまりにもささいな出来事で、思考と呼ぶにはあまりにも非合理的で心情的なものであった。それはひとつの情景と言葉にかかわっている。その言葉は以前にも用いたことがあるが、あのときほど深い思い入れを込めたことはなかった。出来事のあった時間と場所を含めてそのときのことを語ってみよう。

以下記憶をたどってみる。夜になるまでわたしはバラーカス地区にいた。あのあたりはめったに足を向けたことがなかったし、長い距離を歩いたこともあって、その日はなんとなく奇妙な一日だなという感じがした。あの夜はどことといって行く当てがなかった。穏やかな夜だったので、食後ぶらぶら散歩して昔のことを思い出そうと考えた。どこに向かうのかさえ決めていなかった。なまじ決めるとそれに縛られて、期待感が損なわれるように思えたので、足の向くまま歩くことにした。当てもなく足任せで歩き出した。並木道や広い通りを避けるようにして、偶然のもたらす暗い誘惑に身を任せた。しかし、なじみ深い引力のようなものによってある地区のほうに引き寄せられたが、その地区というのは名前を聞いただけで崇敬の念が湧いてくる、いつも思い出したいと思っている場所だった。わたしが言おうとしているのは幼い頃の記憶に残っている自分の住んでいた地区ではなく、いまだ神秘に包まれている隣接した地区のことなのだ。すぐそばにあるのに神話的なヴェールに隠されたあのあたりは話にはよく聞いていたが、ほとんど足を踏み入れたことがなかった。なじみ深い地区の背後、裏側にある通りはわたしにとって地中に埋もれている家の基礎、あるいは目に見えないわれわれの骨格のように事実上覆い隠されていた。歩いているうちにある街角に出た。わたしは夜の大気を吸い込み、静かにもの思いにふけった。その街路はいかにも典型的な感じがしたので、かえって非現実的な感じがした。通りには低い家が建ち並び、一見すると貧しそうだが、よく見ると幸せそうな感じがした。いちばん貧しい、けれどもいちばんきれいな地区だった。どの家も通りまでせり出していなかった。イチジクの木が家の角の壁に影を落としていた。横に長く続いている壁から頭を出している玄関のドアは、夜の闇と同じ無限の物質で出来ているように思われた。歩道は通りから一段高くなっていて、通りは自然の基本要素である泥、いまだに征服されていないアメリカの泥の道だった。突き当たりにパンパまで伸びている狭い通りがあったが、その通りはマルドナード川のところで崩れていた。ぬかるみ混沌とした大地の上にピンク色の壁があった。それは月の光をとどめるのではなく、内側から光が滲み出しているように思われた。あのピンク色を名づけるには、やさしさという言葉以外にないだろう。

わたしはその単純な光景をじっと見つめた。そして、頭の中で次のように考えたが、たぶん大きな声で言ったのだろう。ここは三十年前と同じだ……。その日付について考えてみた。他の国では三十年前といえば最近のことだろうが、世界の片隅にある変化の激しい土地にあっては遠い昔のことになってしまう。おそらく小鳥がさえずっていたはずだが、小鳥に対してその大きさにふさわしい愛情を感じた。しかし、あのめくるめくような静寂の中で聞こえていたのはコオロギの時間を超越した鳴き声だけだった。わたしは千八百年代にいるというふと浮かんだ思いが、単に言葉だけの問題でなく現実的な重みを備えたものとしてずっしりのしかかってきた。わたしは、自分がすでに死んでいる、自分は世界の抽象的な知覚者であると感じ、学問的な、つまり形而上学のこの上ない明晰さに満たされたとらえどころのない恐怖を感じた。わたしはよく川にたとえられる時間をさかのぼったとは思わなかった。むしろ、想像もつかない永遠というほとんど何も語らないか、もしくはまったく何も語らない不在の意味を自分のものにしたのではないだろうかと考えた。わたしがそのとき空想したことを説明できるようになったのは後のことである。

そのとき想像したことをここに書き写しておこう。同質的な出来事――穏やかに晴れた夜、きれいな壁、田舎らしいスイカズラの匂い、四元素のひとつである泥――の純粋な再現は以前にあの街角にあったのと単にそっくり同じだというだけではない。それは似ているとか反復というのではなく、同一のものなのだ。もしその同一性を直観で認識すれば、時間は幻影でしかなくなる。見せかけの昨日のある瞬間と見せかけの今日のある瞬間が区別することも分離することもできない、ただそれだけのことで時間は崩壊する。

言うまでもないが、人間的な瞬間というのは無限ではない。基本的な瞬間――つまり、肉体的苦痛と肉体的快楽の瞬間、夢が訪れてくる瞬間、音楽を聴いている瞬間、緊張感に満ちた瞬間と無力感に襲われた瞬間――はいっそう非個人的である。前もって結論を言っておこう。不死であるためには人生はあまりにも貧しい。しかし、われわれは自分の貧しさをまだはっきりと認識していない。というのも、感覚的には反駁できる時間も、知的な意味では反駁できないからである。なぜなら、知的なものの本質は連続性の概念と分かちがたく結びついているからである。したがってわたしがなんとなく感じ取った観念は感動的なエピソードのまま残ればいいだろうし、あの夜が惜しみなく与えてくれた恍惚感をもたらし、ひょっとするとこれが永遠かもしれないという暗示を与えてくれた真の瞬間はこのページに書きとめてはおくが、答えの出ないままにとどめておこう。」

☆1――目覚めの子よ、元気を出せ、アブベケル・アベントファイル[*40]の小説に出てくる哲学者にして稀有の人ロビンソンは、自分の島にふんだんにあるあれらの果物と魚を仕方なく食べているが、自分のせいである種が絶滅したり、宇宙が貧困にならないように心を配っている。

☆2――(氷のような感じのする)プラトンの哲学に別れを告げる前に、形相について語られた言葉が継承され、正当なものと見なされるように願って次の文章を記しておこう。「一般的なものは具体的なものよりも実在性が高い。」この言葉を例証する事例にはこと欠かない。子供の頃、この地方の北で夏を過ごしたことがある。円い平原と台所でマテ茶をたてていた男たちに興味を引かれたが、その後丸い大地が《パンパ》で、あの男たちが、《ガウチョ》だと知って、わたしは飛び上がらんばかりに喜んだ。恋をしている想像力豊かな男もそうなのだろう。属(反復される名前、典型、祖国、祖国のものとされる運命)は個別的な特徴を超えており、個別的なものは先行するものがあるおかげで許容される。

　うわさを聞いただけで恋をする人間というのがその極端な例だが、これはペルシアやアラビアの文学によく見られる。髪の毛は別離と亡命の夜に似ているが、その顔は歓喜の日のように輝き、胸は月を明るく照らす象牙の玉のようで、歩く姿はカモシカを恥じ入らせ、なよなよした柳を絶望感に浸らせ、重くどっしりした腰はその足で支え切れないほどで、足はまた槍の穂先のように小さい、といった王女に関する描写を聞いて心ひそかに死ぬほど恋焦がれるというのは、『千夜一夜物語』の伝統的なテーマのひとつである。シャリマンの息子バドルバシム、あるいはイブラヒムとヤミラの物語を読まれるといい。

☆3――人間の時間は神の時間と同一の基準で計れないという考え方は、ミウラージュ[41]の円環に関するイスラムの伝説のひとつにおいて際立った形で現れている。周知のように、預言者は光り輝く雌馬ブーラーク[42]によって第七天まで運び去られ、その一つひとつにおいてそこに住んでいる族長や天使と語り合い、統一（Unidad）を通り抜け、寒さのあまり心臓が凍りついたように感じるが、そのときに主の手で肩を叩かれる。大地を後にするとき、ブーラークがひづめで水の一杯入ったつぼをひっくり返した。預言者が地上に戻り、それを持ち上げると、水はただの一滴もこぼれていなかった。

☆4――イエス・キリストは《子供たちを我がもとに来させるがよい》と言った。当然のことだが、ペラギウスは子供たちとイエス・キリストの間に介在していると言って非難された。アタナシオス[43]がサタナシウスと呼ばれたように、彼もよく別の名で呼ばれた。つまり、誰もが、ペラギウスというのは悪の多島海《ペラグス》だと言ったのだ。

永遠についてのこの書誌をドラマティックで面白いものにするために、やむをえず何箇所か歪曲せざるをえなかった。たとえば、何世紀にもわたる段階的な歩みを五つか六つの名詞に要約したのがそれである。

自分の書斎にある本を気の向くままに使ってこのエッセイを書いた。もっとも役に立った本を以下に挙げておく。

『ギリシア哲学』パウル・ドイッセン博士。ライプツィヒ、一九一九。

『プロティノス著作集』トマス・テイラー訳。ロンドン、一八一七。

『新プラトン主義提要』E・R・ドッズの翻訳と序文。ロンドン、一九三二。

『プラトンの哲学』アルフレッド・フイエ。パリ、一八六九。

『アルトゥア・ショーペンハウアー、意志と表象としての世界』エドワルト・グリースバッハ編集、ライプツィヒ、一八九二。

『中世哲学』パウル・ドイッセン博士。ライプツィヒ、一九二〇。

『聖アウグスティヌスの告白』アンヘル・C・ベーガ神父訳。マドリッド、一九三二。

『聖アウグスティヌスの不朽の業績』、ロンドン、一九三〇。

『教義学』R・ローテ博士。ハイデルベルク、一八七〇。

『哲学批評に関するエッセイ』メネンデス・イ・ペラーヨ。マドリッド、一八九二。

＊1——後出のギリシアの哲学者で、新プラトン派の始祖プロティノス（二〇五—七〇）の主著。

＊2——一八六四—一九三六。スペインの思想家、詩人。

＊3——フランシス・ハーバート、一八四六—一九二四。イギリスの哲学者。

＊4――以上は有名なゼノンのパラドックスをボルヘスがパラフレーズしたもの。
＊5――一二五頃―二〇二頃。古代の神学者。
＊6――神の属性のひとつとして考えられた永遠のこと。
＊7――これは「時間」について語ったもので、次の引用が「永遠」について語ったものである。
＊8――『エネアデス』のこと。
＊9――パウル、一八四五―一九一九。ドイツの哲学史家、インド学者、サンスクリット語学者。
＊10――三位一体は本来「一」にして「三」、「三」にして「一」と考えられている。
＊11――天体のこと。
＊12――プロティノスの言う「宇宙霊魂」の世界のことで、以下は「知性界」の描写。
＊13――一五三〇?―八九。スペインの神学者。
＊14――一九〇二―七二。三〇年代に活躍したアメリカの映画女優。
＊15――ジョン、一七九五―一八二一。イギリスの詩人。
＊16――旧約聖書『ルツ記』を参照。
＊17――ロバート・ルイス、一八五〇―九四。イギリスの小説家、詩人。
＊18――ショーペンハウアーの訳は、『ショーペンハウアー全集 7』(有田潤・塩屋竹男訳、白水社)を参照し、ボルヘスのテキストに合わせて適宜修正したことをお断りしておく。
＊19――三五四―四三〇。古代キリスト教の教父。

＊20——一二一—八〇。ローマ五賢帝のひとりで、ストア哲学者としても知られる。
＊21——ジョン、一五七二—一六三一。イギリスの詩人、神学者。
＊22——父と子が一体であること。
＊23——一六一三—六七。イギリスの宗教家。
＊24——一六八八—一七七二。スウェーデンの哲学者、神学者。
＊25——プロティノスはアレクサンドレイア出身とされているので、彼の言う永遠を指すと考えられる。
＊26——個々の事物よりも以前に普遍があるというプラトニズム的な考え方。
＊27——一二〇六—八〇。中世ドイツの神学者。
＊28——四八〇頃—五二四頃。イタリアの哲学者、政治家。
＊29——一八五四—八四。デンマークのルター派の神学者。
＊30——三五四頃—四一八頃。イギリスの修道士。
＊31——ウルリッヒ、一四八四—一五三一。スイスの宗教改革者。
＊32——ジェイムス・ジョイスの小説で、最終章で主人公ブルームの妻のモリーが延々と独白を続ける箇所を指す。また、そのひとつ手前の章「イタケ」では、二人の学者による抽象的な質疑応答が長々と続く。
＊33——カール二世、八二三—七七。西フランク王国の初代国王。

＊34――八一〇頃―七七頃。アイルランド生まれの神学者、哲学者、神秘主義者。
＊35――エリウゲナはこの二箇所の教会会議で批判された。
＊36――ラルフ・ウォルドー、一八〇三―八二。アメリカの思想家、詩人。
＊37――一八六三―一九五二。スペイン出身のアメリカの哲学者。
＊38――前九四―前五五。ローマの詩人、哲学者。
＊39――過去、現在、未来を指す。
＊40――一一〇五―八五。イブン・トゥファイルの名で知られるスペイン・アンダルシアのアラビア語の著述家。
＊41――ムハンマドが神の玉座まで天上飛行したことを指す。
＊42――ムハンマドを乗せて天上に昇ったと伝えられる翼のある天馬。
＊43――二九八頃―三七三。アレクサンドレイアの司教。
＊本文に出てくるプロティノスの引用は、『プロティノス全集』（中央公論社。田中美知太郎、水地宗明、田之頭安彦ほか訳）を参照させていただいた。また、ショーペンハウアーの引用は、『ショーペンハウアー全集 7』（有田潤・塩屋竹男ほか訳、白水社）を参照し、『聖書』は日本聖書協会刊行のものを参照した。

続・審問（一九五二年）

城壁と書物

彼が作りし長い城壁は、さまよえる
タタール人を……。
『愚人列伝』[*1] II—七六

無限と言ってもいい城壁の建設を命じたのが中国のあの最初の皇帝、始皇帝で、彼はまた自分よりも前に存在した書物をすべて焼き払うように指示したのだが、そのことをわたしは先日、本で知った。蛮族の侵入を防ぐための五百から六百レグアスに及ぶ城壁を建設させ、歴史を、つまり過去を徹底的に抹消するという——二つの途方もない事業がひとりの人物に起因し、しかもそれがその人物の属性になっていると知って、なぜか満ち足りた思いになると同時に、不安に襲われもした。そうした感情がなぜ生まれてきたのかを探るのが、このエッセイの目的である。

歴史的に見ると、この二つの手段にはなんら神秘的なところはない。ハンニバルが戦争を起こした頃の人で、秦の王である始皇帝は六つの王国を支配下に収め、封建制度を消し去った。城壁は防御であると考えて、それを建設し、敵対する人たちが古代の皇帝を引き合いに出して褒め称えるにちがいないと考えて、書物の焼却を命じた。書物を焼き捨て、城塞を建設するというのは王族がよくやることだが、始皇帝の場合は、スケールが違うと説明する中国研究者もいる。先に触れた行為が王族特有の愚かしい性癖が拡大、もしくは誇張されただけのものだとは思えない。菜園や庭園を囲い込むというのはありふれたことだが、帝国全体を囲い込むというのはただごとではない。伝統を重んずる民族である中国人が、神話的、あるいは真の過去の記憶を抹消するというのは考えられないことである。中国には三千年の歴史があるが（そしてその間に、黄帝、荘周、孔子、老子が現れてきた）、そんな中、始皇帝は歴史が自分とともにはじまるようにせよと命じたのである。

始皇帝はふしだらだという理由で母親を追放した。正統派の人たちはその厳しい裁定を知って、実の母をないがしろにするものであると考えた。たぶん始皇帝は自分が非難されるだろうと考えて、規範となる書物を抹消しようとした。始皇帝はおそらく、たったひとつの記憶、すなわち母親の汚辱の記憶を消し去ろうとして過去をすべて抹消しようとした。（ユダヤのある王が、一人の子供を殺すためにすべての子供を殺させたのと同断である。）この推量は傾聴に価する。しかし、城壁については何も語っていない。歴史家の伝えるところによると、始皇帝は死について触れることを禁じ、不死の霊薬を捜し求め、一年の日数と同じ数だけ部屋のある宮殿に身をひそめた。こうした事実から推測されるのは、空間の中に作り上げた城壁と時間を消し去るために行われた焚書はともに死の侵攻を食い止めるための魔術的な障壁であったということである。あらゆる事物はその存在において生き延びたいと願っている、とバルーフ・スピノザ[*2]は書いている。皇帝と彼に仕える魔術師たちはおそらく不死性とは人間に本来備わっているものであり、閉じられた世界に腐敗が入り込むことはないと信じていたのだろう。皇帝はおそらく時間をもう一度一から創造したいと考え、真の意味で最初の人間になるために自らに《始》という名をつけ、書記と磁石を発明した伝説の皇帝になろうとして自らを《皇帝》と呼んだのだろう。『礼記』によると、あの最初の皇帝は事物に真の名前を与えた。今も残っている碑文によれば、始皇帝も同じように自らの帝国の中にあるすべてのものにはそれにふさわしい名前がつけられていると自慢げに語っている。彼は不滅の王朝を創設しようと夢見た。自分の後を継ぐものたちに第二皇帝、第三皇帝、第四皇帝、といったように無限に続く名前をつけるように指示した……。わたしは魔術的な意図について話したが、長城を作り、本を焼却するというのは同時に行われたのではないとも考えられる。もしそうだとすれば（どちらが先だったかによって）、まず破壊することからはじめて、次に仕方なく保持しようとした王のイメージ、あるいは逆にそれまで守ろうとしていたものを破壊した失意の王のイメージのいずれかが浮かんでくるだろう。この二つの推測はドラマティックではあるが、わたしの知るかぎりでは、歴史的な根拠を欠いている。ハーバート・アレン・ジャイルズ[*3]の語るところでは、本を秘匿したものは真っ赤に焼けた鉄で烙印を押され、死を迎えるまで途方もない城壁の建設に従事させられたとのことである。ここからもうひとつの解釈が許される、というか可能になる。長城はおそらく隠喩だったのだろう。始皇帝は過去を崇拝する人たちに、無意味でばかげた過去と同じように果てしない作業をさせた。城壁はおそらく一種の挑戦であり、始皇帝は「人間というのは過去を愛している。自分も、家臣の死刑執行人もその愛に手を出すことはできない。しかし、いずれ自分と同じ思いを抱いた人間が出てくるだろうし、その人物は自分が本を焼いたように自分の長城を破壊し、自分の記憶を消し去り、自分の影、自分の鏡になるだろうが、本人はそのことに気づかないだろう」と考えた。始皇帝はおそらく帝国が脆いものだということに気づいていたのだ。だから、長城で周りを取り囲み、全宇宙、もしくは個々の人間の意識に備わる真実を教えるのが書物、すなわち神聖な書物であると考えて、それを焼き払ったのだろう。焚書と長城の建設は、秘めやかな形で互いに相殺し合う事業なのである。

今はもちろん、今後もけっしてわたしが訪れることはないだろう土地に延々と続く影を落としているあの果てしない長城はひとりの支配者《カエサル》の影である。その支配者はもっとも敬虔な民族に過去を焼却するように命じた。そのこと自体がさまざまな推測を呼び起こすが、それとかかわりなくものそのものが人を感動させる。（その美点は途方もないスケールの建設と破壊の対比のうちにある。）以上のことを一般化すれば、**すべての**形相はそれ自体のうちに美点を備えているのであって、推測される《内容》のうちにはないと考えられる。この考え方はベネデット・クローチェの理論にぴったり符合する。一八七七年の時点ですでにペイター[*4]は、あらゆる芸術は形式以外の何ものでもない音楽になりたいと願っていると断言している。音楽、幸せな状態、神話、時のしわが刻まれた顔、たそがれ、それにいくつかの場所、それらはわれわれに何かを語りかけようとしている、あるいは失ってはならない何かをすでに語ってしまったか、もしくは何かを語りかけようとしている。今まさに現れようとしているが、まだ姿の見えない啓示、これがおそらく芸術的な事実なのだろう。

ブエノスアイレス、一九五〇年

＊1――イギリスの詩人ポープの作品。
＊2――一六三二―七七。オランダの哲学者。
＊3――一八四五―一九三五。イギリスの中国研究者。
＊4――ウォルター、一八三九―九四。イギリスの批評家。

パスカルの球体

世界の歴史はおそらくいくつかのメタファーの歴史なのだろう。その歴史のひとつの章を素描するのがこのエッセイの狙いである。

紀元前六世紀に、吟遊詩人であるコロフォンのクセノファネス[*1]は、自分が町々を巡りながら朗唱しているホメロスの詩にうんざりして、神々に神人同形論的な特徴が備わっていると考えている詩人たちを手厳しく批判し、ギリシア人に永遠の球体である唯一神を信仰するように説いた。プラトンの『ティマイオス』の中には、表面上のすべての点が中心から等距離にあるがゆえに球体はもっとも完全で、均整のとれた形であるという一節が見える。オローフ・ジゴーン[*2]（『ギリシア哲学の起源』一八二三）は、クセノファネスが比喩的な意味でそう言ったのだと考えている。つまり、球体というのは神聖なるものを象徴する上でもっともすぐれた、もしくはもっとも悪くないがゆえに、神は球体の形をしているというのである。四十年後にパルメニデス[3]はそのイメージを繰り返した（「**存在**はその力が中心からいかなる方向においても均一に働く、美しくて円い形をした一個の球体である」）。カロジェロ[4]とモンドルフォ[5]は、パルメニデスが無限の、もしくは無限に増大していく球体を直観的に認識し、またわたしが先に書き写した言葉はダイナミックな意味を備えていると推測している（アルベルテッリ[6]『エレア学派の人々』一四八）。パルメニデスはイタリアで教えた。彼の死後数年して、シチリアの人アグレゲントのエンペドクレス[7]が難解な宇宙生成論を書き上げた。すなわち、ある時代に土、水、大気、火の粒子が無限の球体を作り上げるというものである。《円環の孤独の中で歓喜する円い球体。》

　世界史は歩み続け、クセノファネスが攻撃したあまりにも人間的な神々は、詩的なフィクション、もしくは悪魔に貶められた。しかし、ある人物、つまりヘルメス・トリスメギストス[8]が不定数の本（アレクサンドレイアのクレメンス[9]によれば四十二冊、ヤンブリコス[10]によれば二万冊、トート[11]に仕える司祭たち、彼らはヘルメスでもある[12]のだが、その司祭たちによれば三万六千五百二十五冊）を口述し、その中にはすべてのことが書かれているとのことであった。その幻の図書館の一部が二世紀から編纂、もしくは捏造されて『ヘルメス文書』と呼ばれるものが生まれてきた。アラン・ド・リール——アラヌス・デ・インスリス[13]——は十二世紀にその中のひとつ、もしくはこれもトリスメギストス作とされる『アスクレピウス』の中に、来るべき世代の人たちの記憶に残る次のような一文を発見した。「神は知的球体であり、その中心はいたるところにあって、円周はどこにもない。」前ソクラテス派の人たちは無限の球体について語っている。アルベルテッリは(かつてのアリストテレスのように)そう語るということは形容矛盾《コントラディクティオ・イン・アドイエクト》を犯すことである、なぜなら主語と述語が互いに相殺し合うからである、と考えている。たしかにそのとおりかもしれないが、ヘルメス文書の決まり文句からほぼあの球体を直観的に感じ取れる。十三世紀にそのイメージは象徴的な作品『薔薇物語』[14](この作品では、プラトンのものとして出てくるのだが)、それに百科事典『三重の鏡』の中にふたたび現れてくる。十六世紀の作品『パンタグリュエル』[15]の最終巻の最終章において、《その中心がいたるところにあって、円周がどこにもない、われわれが神と呼んでいる知的球体》について言及されている。中世人の精神にとって、その意味するところは明瞭で疑う余地はなかった。神は被造物の一つひとつの中に存在し、しかもそれは神を限定することはない。「天《てん》も、いと高《たか》き天《てん》も、あなたをいれることはできません」(『列王記上』八・二七)。球体の幾何学的な隠喩は、先のような言葉の注解になっている。

ダンテの詩はプトレマイオスの天文学をそれまでと変わることなく保持しているが、その天文学は千四百年にわたって人々の想像力を支配してきた。地球は宇宙の中心を占めている不動の球体であり、その周りを九つの同心円の球体が巡っている。最初の七つの球体(月、水星、金星、太陽、火星、木星、土星)にはそれぞれの惑星天がある。八番目の球体は恒星天であり、九番目は原動天とも呼ばれる透明な天である。その天の周りを光で出来ている至高天が囲んでいる。中空で透き通っている回転する球体、という手の込んだ装置(ある体系は五十五の球体を必要とした)は精神的な必要性にまで高められた。『天体の動きの仮説に関する小論』、これがアリストテレスを否定したコペルニクスが自分の論文につけたタイトルだが、この手稿がわれわれの宇宙観を変えてしまったのである。ある人物、すなわちジョルダーノ・ブルーノ[*16]にとって天体の穹窿の崩壊は解放を意味していた。『灰の晩餐』の中で彼は、世界はある無限の原因から生じた無限の結果であり、神はわれわれのそばにいる、「なぜなら神はわれわれ自身がわれわれのうちにいる以上に内部にいるからである。」彼はコペルニクス的な空間を人々に伝える言葉を捜し求め、ある有名なページの中でこう述べている。「宇宙はすべて中心である、あるいは宇宙の中心はいたるところにあって、円周はどこにもない、とわれわれは確信をもって言うことができる」(『原因、原理、一者について』V)。

この文章はルネサンスの輝きがまだ残っている一五八四年に歓喜をもって書かれた。それから七十年経つと、その熱情の名残さえとどめておらず、人々は時間と空間の中で途方にくれていた。時間の中と言ったのは、未来と過去が無限にあるとすれば、事実上いつというのがなくなってしまうからである。また、空間の中と言ったのは、あらゆるものが無限大のものと無限小のものと等距離にあるとすれば、どこというのがなくなってしまうからである。誰もある日、ある場所にいるということはないし、誰も自分の顔の大きさを知らない。ルネサンス期に人類は成熟期に達したと信じ、ブルーノ、カンパネッラ[*17]、ベーコン[*18]の口を通してそう宣言された。十七世紀に入ると、老いたという感情がそうした時代意識に影を落とすようになる。人類の老いを説明するために、アダムの原罪のせいであらゆる被造物はゆっくりとしかも避けがたく衰退してゆくという考えがふたたび取り上げられることになった。(『創世記』の第五章で、「メトセラの年《とし》は合《あ》わせて九百七十九歳《さい》(正しくは九百六十九歳)であった」と語られ、第六章では「そのころ、地《ち》に巨人(正しくはネピリム)がいた」と書かれている。)ジョン・ダンは悲歌『世界の解剖――一周年追悼詩』の中で、人生はあまりにも短く、現代人は妖精やピグミー族と同じですっかり身長が縮んでしまったと嘆いている。ジョンソン[*19]の伝記によると、ミルトンはもはや叙事詩というジャンルが不可能になったのではないかと不安に思っていた。グランヴィル[20]は、《神の大きなメダル》であるアダムは望遠鏡のような目と顕微鏡のような目を備えていたと考えた。ロバート・サウス[21]は、「アリストテレスのような人間はアダムの残骸でしかなく、アテナイは天国の残滓でしかない」という有名な一文を書いた。あの意気消沈した世紀にあって、ルクレティウスの六歩格の詩に霊感を与えた絶対空間、ブルーノにとって解放となった絶対空間は、パスカルにとって迷宮と深淵に変わった。彼は宇宙を疎《うと》ましく思い、神を崇《あが》めたいと思ったが、彼にとって神は疎ましく思っていた宇宙以上に現実性を欠いていた。彼は天空が口をきいてくれないといって嘆き、われわれの人生を無人島に流れ着いた遭難者のそれになぞらえた。物質的世界の重圧をたえず感じ、めまいと恐怖、それに孤独を味わった。そしてそうした思いを別な表現で言い換えている。「自然は無限の球体であり、その中心はいたるところにあって、円周はどこにもない。」ブランシュヴィックの版では右のようになっているが、著者が削除したり、迷っている箇所を再現したトゥルヌールの本文校訂版（パリ、一九四一）は、パスカルが恐れを抱きながら次のように書きはじめたことを明らかにしている。「その中心がいたるところにあって、円周がどこにもない恐ろしい球体。」

世界の歴史とはおそらく、いくつかの隠喩のさまざまな抑揚の歴史なのだろう。

ブエノスアイレス、一九五一年

＊1――前六世紀のギリシアの哲学者。
＊2――一九一二―九八。ドイツの古典学者。
＊3――前五一〇頃―前四五〇以降。ギリシアの哲学者。
＊4――グイド、一九〇四―八六。イタリアの哲学者で、『エレア学派の哲学研究』（一九三二）の著者。
＊5――ロドルフォ、一八七七―一九七六。イタリアの古典学者で、『ギリシア思想における永遠』（一九三四）の著者。
＊6――ピロ、一九〇七―四四。イタリアの古典学者で、『エレア学派の人々』（一九三九）の著者。
＊7――前五世紀のギリシアの哲学者。
＊8――魔術や占星術、錬金術などの書物の著者と伝えられる伝説的な人物。
＊9――一五〇頃―二一五頃。ギリシアの神学者。
＊10――二五〇頃―三二五頃。ギリシアの哲学者。

＊11――古代エジプトの文字、学芸、暦法、科学をつかさどる神。
＊12――ギリシア人は彼らをヘルメスと考えたと言われる。
＊13――一一二八―一二〇二。フランスの神学者、詩人。
＊14――十三世紀の中世フランスで書かれた物語。
＊15――フランス・ルネサンス期の作家、フランソワ・ラブレー（一四九四頃―一五五三）の小説。
＊16――一五四八―一六〇〇。イタリアの哲学者。
＊17――トマソ、一五六八―一六三九。イタリアの社会思想家。
＊18――フランシス、一五六一―一六二六。イギリスの哲学者、政治家。
＊19――サミュエル、一七〇九―八四。イギリスの文学者。
＊20――ジョセフ、一六三六―八〇。イギリスの哲学者。
＊21――一六三四―一七一六。イギリスの宗教家。

コールリッジの花

一九三八年頃に、ポール・ヴァレリーは次のように書いている。「「文学史」の深められた研究は、作者とその生涯のさまざまな事件、あるいはその作品がたどった歴史というよりもむしろ、《文学》を生産、あるいは消費するという意味での精神の「歴史」として理解されるべきだろう。そしてこの歴史は作者の名をひとりも挙げることなく書かれることも可能なのである。」**精神**がこのような考えを生み出したのはこれが最初ではない。一八八四年、コンコードの町でもう一人の精神の筆耕が次のように書きとめた。「地上にあるすべての本を一人の人間が書いたというふうに考えることも可能である。すべての書物を通じて中心となる一貫性が見られるが、それを考えれば書物がたったひとりの全知の紳士が書いたものだということは否定できないはずである。」（エマソン『エッセイ』二、Ⅷ）。その二十年前には、シェリー[*1]が過去、現在、未来のすべての詩は地上のすべての詩人によって書かれた無限の詩のエピソード、もしくは断片であると書いている（『詩の擁護』、一八二一）。（言うまでもなく、汎神論に含まれる）このような考え方から、果てしない議論が生じてくるだろう。わたしが今このような考え方を取り上げたのは、三人の作家の雑多なテキストを通して、ある理念の進化の歴史をたどるという慎ましやかな意図を実行に移してみようと考えたからである。最初のテキストはコールリッジのものだが、それが書かれたのが十八世紀末なのか、十九世紀はじめなのかは分からない。彼は次のように述べている。

「ひとりの男が夢の中で楽園を通過するが、そのときに楽園にいた証にと、一輪の花をもらったとする。男が目覚めたとき、もしその花を手に持っていたとすれば……これを一体どう考えればいいのだろう？」

わたしは非の打ちどころのない空想だと思うが、読者がどうお考えになるかは分からない。この空想をもとにして幸福な創作を行うのは無理なように思われる。というのもこの空想は、それ自体が完璧で一貫性のある到達点《テルミヌス・アド・ケム》、つまり最終目標に行き着いているからである。たしかにそのとおりで、文学をはじめ他の分野でも、あらゆる行為は原因の無限の連鎖を完成させ、結果の無限の連鎖を生じさせるものだからである。コールリッジの空想の背後には、証として花を求めた何世代にもわたる、恋する人たちの普遍的で古くからある思いが秘められている。

　これから取り上げる二番目のテキストは、ウェルズ[*2]が一八八七年に草稿を書き、七年後の一八九四年の夏に書き直した小説である。最初のヴァージョンは『時の《クロニック》探検家たち』（この廃棄されたタイトルの《クロニック》というのは、語源的には《時間の》という意味である）と題され、最終的に『タイム・マシーン』というタイトルになった。ウェルズはこの小説においてきわめて古い文学的伝統、すなわち未来の出来事を予測するという伝統を継承し、修正を加えている。イザヤはバビロニアの荒廃とイスラエルの復興を目にし、アエネーイスは子孫であるローマ人たちの軍隊がたどる運命を目にし、『エッダ・サエムンディ[*3]』に登場する女予言者は、われわれの地上がやがて巻き込まれることになる周期的な戦闘が終わった後、戻ってきた神々が以前にさしかけていたチェスのコマが新しい牧場の牧草の上に散らばっているのを目にする……。ウェルズの主人公は、予言の言葉を口にする傍観者と違って、物理的に未来へ旅立つ。疲れ果て、ほこりまみれになり、痛めつけられて戻ってくる。彼が旅したはるか遠い未来に生きる人類は、二種類に分かれていて（崩れた宮殿や荒廃した庭園に住む怠け者のエロイと、地下に住む昼盲症のモーロックで、この連中はエロイを食料にしている）互いに憎み合っている。鬢《びん》が白くなり、未来の世界からしおれた花を一輪持ち帰る。これがコールリッジの抱いたイメージの第二のヴァージョンである。天上の花、あるいは夢に出てくる花よりも信じがたいのが、未来の花である。その原子は現在別の場所にあって、結合して花の形をとっていないという矛盾した花である。

これから取り上げるもっとも手の込んだ三番目のヴァージョンは、ウェルズよりもはるかに複雑なある作家が作り出したものだが、この作家の作品は通常古典的であると言われる楽しい美徳をあまり持ち合わせていない。つまり、『ノースモア卿夫妻の転落』の作者で、陰鬱で難解なヘンリー・ジェイムズのことである。この作家は死ぬときに、幻想的な作品『過去の感覚』という未完の小説を残したが、これは『タイム・マシーン』の変奏曲、もしくはそれをさらに精巧に仕上げた作品である。☆1 ウェルズの主人公は、空間の中を自由に移動できる乗り物のように時間の中を過去へも未来へも移動できる、信じられないような乗り物に乗って未来へ旅立つ。ジェイムズの主人公はその時代と一体化することによって過去へ、つまり十八世紀へ旅立つ。（この二つの方法はありえないものだが、ジェイムズのそれの方がまだ現実味がある。）『過去の感覚』では、現実と空想的なもの（現在と過去）をつなぐ糸はそれまでのフィクションと違って花ではなく、十八世紀に描かれ、不思議なことに主人公自身を描いた肖像画である。その絵に魅せられた主人公は絵が描かれた十八世紀へ移行する。彼が出会う人たちの中には当然のことだが、画家も含まれている。画家は直観的に肖像画の未来の顔立ちの中に通常ではない、何か異常なものを感じ取って、不安と嫌悪感を抱いて絵筆を運ぶ……。このようにして、ジェイムズは比類ない無限回帰《レグレス・イン・インフィニトウム》を創造する。というのも、主人公のラルフ・ペンドレルは十八世紀へと戻っていくからである。原因が結果の後に来る。つまり、時間旅行の動機が、その旅の結果のひとつになっているのである。

ウェルズはたぶんコールリッジのテキストを知らなかったにちがいない。一方、ヘンリー・ジェイムズはウェルズのテキストに目を通し、高く評価していた。言うまでもないが、すべての作者はたった一人の作者であるという教義が妥当なものであるとすれば[☆2]、そうしたことは無意味なものになる。厳密に言えば、そこまで遠く行く必要はない。作家の複数性というのは迷妄でしかないと言い切る汎神論者は、古典主義者のうちに思いがけない支持者を見出すことになる。というのも、古典主義者は複数性など歯牙にもかけないからである。古典的な考えを抱いている人にとって、文学というのは個人的なものではなく、本質的なものなのである。ジョージ・ムアとジェイムズ・ジョイスは自分の作品の中に他人のページや文章を取り込んだ。オスカー・ワイルド[*4]は他の人が使うようにといろいろなプロットをつねに惜しげもなく与えた。この二つの行動は一見対立するように見えてその実、芸術に関する同一の考え方を証明するものである。つまり、芸術とは万人のものであり、個人的なものではない……。主体の限界を否定し、**言葉**には深い統一性が備わっていると証言したのは、あの著名なベン・ジョンソン[*5]である。彼は営々として文学的遺言を作成し、同時代の人たちに対して好意的、あるいは批判的な裁定を下したが、そのときはセネカ[*6]、クィンティリアヌス[*7]、ユストゥス・リプシウス[*8]、ビベス[*9]、エラスムス[*10]、マキアヴェッリ[*11]、ベーコン、スカリゲル親子[*12]の断章を組み合わせた。

最後にひと言付け加えておこう。ある作家の文章を丁寧に書き写す人たちというのは、個人的なレヴェルでそうしているのではない。引き写す作家を文学そのものと取り違えているからそうしているのである。その作家から少しでも遊離すれば、理性と正統性から乖離してしまうのではないかと考えて引き写しているのである。わたしは長年の間、ほとんど無限と言ってもいい文学は、一人の人間のうちに存在していると信じていた。その人間とはカーライル[*13]であり、ヨハネス・ベッヒャー[*14]であり、ホイットマン[*15]であり、ラファエル・カンシーノス＝アセンス[*16]であり、ド・クインシーであった。

☆1――わたしは『過去の感覚』にまだ目を通していないが、スティーヴン・スペンダー[*17]がその作品『破壊的要素』（pp. 105-110）の中で申し分のない分析を加えているのを読んでいる。ジェイムズはウェルズの友人であった。二人の関係に関しては、ウェルズの浩瀚な『自伝における実験』を参照のこと。

☆2――十七世紀の中頃、汎神論の警句家アンゲルス・シレジウス[*18]は、すべての福者はたった一人であり（*Cherubinischer Wandersmann*, V, 7）、すべてのキリスト教徒はキリストその人である（同上、V, 9）と述べている。

＊1――パーシー・ビッシュ、一七九二―一八二二。イギリスの詩人。
＊2――ハーバート・ジョージ、一八六六―一九四六。イギリスの小説家、文明批評家。
＊3――十二世紀に書かれたアイスランド・サガ。
＊4――一八五四―一九〇〇。イギリスの詩人、小説家、劇作家。
＊5――一五七二―一六三七。イギリスの劇作家、詩人。
＊6――前四頃―後六五。ローマの哲学者。
＊7――三五頃―九六頃。ローマの弁論家。
＊8――一五四七―一六〇六。オランダの古典学者。

＊9――ファン・ルイス、一四九二―一五四〇。スペインの哲学者、人文主義者。
＊10――デシデリウス、一四六五―一五三六。オランダの人文主義者。
＊11――一四六九―一五二七。イタリア・ルネサンス期の政治思想家、歴史家、文学者。
＊12――父親のジュリオ・ボルドーネ・デッラ・スカラ（一四八四―一五五八）はイタリアの古典学者、息子のジョセフ・ユストゥス（一五四〇―一六〇九）もイタリアの古典学者。
＊13――一七九五―一八八一。イギリスの批評家、歴史家。
＊14――一八九一―一九五八。ドイツの表現主義の詩人。
＊15――ウォルト、一八一九―九二。アメリカの詩人。
＊16――一八八六―一九六四。スペインの前衛的な作家、批評家。
＊17――一九〇九―九五。イギリスの詩人。
＊18――一六二四―七七。ドイツの神秘的宗教詩人。

『キホーテ』の部分的魔術

以下の考察はこれまで少なくとも一度、いや、おそらく何度も繰り返し行われてきたにちがいない。わたしはその考えの目新しさではなく、真実が含まれているかもしれないという点に興味を抱いている。

古典的な作品（『イリアス』、『アエネーイス』、『内乱記』[*1]、ダンテの『神曲』、シェイクスピアの悲劇と喜劇）に比べると、『キホーテ』はリアリスティックである。しかし、彼のリアリズムは十九世紀に用いられたそれとは本質的に異なっている。ジョセフ・コンラッド[*2]は、自分は作品から超自然的なものを排除した、なぜならそれを容認することは、日常的なものが驚異的であることを否定することになるからである、と述べている。ミゲル・デ・セルバンテスもコンラッドと同じような直観的な認識を抱いていたかどうかは分からないが、『キホーテ』はその形式からして詩的、空想的な世界に対して、散文的、現実的世界を対置せざるをえなかった。コンラッドとヘンリー・ジェイムズは現実を詩的なものと考えたので、それを小説化した。セルバンテスにとって、現実的なものと詩的なものは相容れない。彼は『アマディス』*3の広大で漠然とした地理に対して、カスティーリャ地方のほこりっぽい街道と薄汚いはたごを提示している。現代作家が、風刺的な意図を込めてガソリンスタンドを描いていると想像してみればいいだろう。セルバンテスはわれわれのために十七世紀スペインの詩《ポエジー》を創造した。しかし、あの世紀もあのスペインも彼にとっては詩的なものではなかった。ウナムーノやアソリン、*4アントニオ・マチャード*5といった人たちは『キホーテ』に描かれているラ・マンチャ地方を前にして感動したが、セルバンテスは彼らがなぜ感動しているのか理解できないにちがいない。作品のプランからして驚異的なものを用いるわけにはいかなかった。しかし、セルバンテスとしては探偵小説のパロディにおける犯罪と謎のように、間接的ではあってもなんらかの形で作品に取り入れざるをえなかった。魔除け、あるいは魔法に訴えることはできなかった。しかし、超自然的なものを手の込んだやり方で暗示したが、そのおかげでいっそう大きな効果を挙げている。セルバンテスは内心、超自然的なものを愛していた。一九二四年にポール・グルサック*6はこう書いている。「怪しげなラテン語とイタリア語がちりばめられたセルバンテスの文学的著作は主として牧人小説と騎士道小説から生まれてきたが、そうした物語は彼が虜囚時代に読んで心を慰められたものだった。」『キホーテ』はそうしたフィクションの解毒剤というよりも秘めやかで郷愁の込められた決別だったのだ。

個々の小説は現実のひとつの理想的な描写である。セルバンテスは客観的なものと主観的なもの、読者の世界と本の世界をひとつに混ぜ合わせて楽しんでいる。その問題は、床屋のかなだらいが兜かどうか、荷鞍が馬具かどうかで議論が戦わされるあれらの章で論じられている。別の章では先にわたしが触れたように、それが暗示されている。前編の第六章で、司祭と床屋がドン・キホーテの書斎を調べることになる。驚いたことに、彼らが調べた本の中にセルバンテスの『ガラテア』[*7]が含まれていて、しかも床屋がセルバンテスと親しくしていて、あの作家をあまり高く買っていないことが分かる。そして床屋は、あの男は詩歌よりも不幸が身についている、彼の書くものにはそれなりにいい着想があるし、何かを思いつくのだが、何ひとつ完結しない、と語る。セルバンテスの夢、あるいはセルバンテスの夢の形である床屋は、セルバンテスを以上のように評価している……。第九章の冒頭で、小説そのものはアラビア語から翻訳されたもので、セルバンテスがトレードの市場で原稿を手に入れ、その翻訳が終わるまでの間、あるモーロ人を一ヶ月間自宅に泊めてやったと書かれてあるが、これも驚嘆すべきことである。ここで思い出されるのがカーライルである。彼は、『衣装哲学』がディオゲネス・トイフェルスドレック博士によってドイツで出版された著作の部分訳であるかのように装っている。あるいは、カスティーリャのラビ、モイセース・デ・レオン[*8]を思い浮かべてもいい。モイセースは『ゾハール』、あるいは『光輝の書』を書き、それを三世紀のパレスティナのラビの著作として発表した。

こうした奇妙な仕掛けは後編において頂点に達する。登場人物たちがすでに『キホーテ』の前編を読んでいる、つまり『キホーテ』の人物たちは同時に『キホーテ』の読者でもあるという設定になっている。ここで思い出されるのがシェイクスピアである。彼は『ハムレット』の舞台の中にもう一つの舞台を組み込んでいるが、そこでは『ハムレット』によく似た悲劇が上演される。ただ、中心となる作品と副次的な作品の照応が不完全なために、せっかくその悲劇を挿入した効果が半減している。セルバンテスのそれに似てはいるが、より驚くべき技法がヴァールミーキ[*9]の詩『ラーマーヤナ』の中に出てくる。ヴァールミーキはラーマの武勲と悪魔との戦いをあの詩の中で歌っている。最後の巻で父親を知らないラーマの息子たちが密林に逃れ、隠者から文字の読み方を習う。奇妙なことに、その師がヴァールミーキであり、彼が教科書として用いたのが『ラーマーヤナ』なのである。ラーマは馬を生贄《いけにえ》に捧げるように命じる。その祝祭にヴァールミーキが弟子たちを連れて駆けつける。弟子たちはリュートの演奏に合わせて『ラーマーヤナ』を歌う。ラーマは自分自身の物語を聞き、子供たちが自分の息子であると知って、詩人に褒賞を与える……。『千夜一夜物語』でも偶然がそれに似た働きをしている。幻想的なお話の集大成であるこの作品は、ある物語を中心にして次々に副次的な物語に分岐していくが、現実的であるかどうかということをほとんど気にかけていない。したがって（本来なら深甚なものであるはずの）効果がペルシアじゅうたんのように皮相的なレヴェルにとどまっている。長大なこの物語の冒頭のお話はよく知られている。王が夜ごと一人の処女を妻に娶《めと》り、明け方その首をはねさせるという悲痛というほかはない誓いを立てる。そのことを知ったシェーラザードはお話で王の心を紛らせてやろうと決意する。二人の上に一千と一夜が巡り、彼女は王に二人の間に生まれた子供を見せる。千と一つの物語を完成させなければならなかったので、筆耕たちはありとあらゆる種類の書き足しをせざるをえなかった。多くの夜の中にあって、魔術的な第六百二夜ほど読者を困惑させる話はない。その夜王は、王妃の口から自分自身の物語を聞かされる。王は物語の出だしを聞くが、その中にはほかの物語がすべて含まれているだけでなく、なんとも気味の悪い形で今語っている話までが含まれている。読者はあの挿入がもつ途方もない可能性、危険な匂いのする違和感を感じ取るだろう。王妃が語り続け、王がじっと動かずに『千夜一夜物語』の省略された、しかし今となっては無限に循環する物語を聞くことになるのであれば……。哲学の思いつきは芸術のそれに劣らず幻想的である。ジョサイア・ロイス[*10]はその著書『世界と個人』の第一巻で次のように述べている。「イギリスの土地の一部を完全に平らにならし、そこに地図製作者がイギリスの地図を描く。その作品は完璧で、どれほどささいなものであってもイギリスの土地の細部が残らず書き込まれている。つまり、そこではすべてが対応しているのである。その場合、その地図には地図の地図が取り入れられ、そこにはまた地図の地図の地図が含まれるというように、それが無限に続いてゆく。」

地図の中に地図が、『千夜一夜物語』の中に千夜一夜が含まれていると、なぜわれわれは落ち着かない気持ちになるのだろう？　ドン・キホーテが『キホーテ』の読者で、ハムレットが『ハムレット』の観客だというのが、なぜわれわれを不安にさせるのだろう？　わたしにはその答えが分かるような気がする。というのも、もしフィクションの登場人物が読者、あるいは観客でありうるとすれば、こうした転倒によって読者、あるいは観客であるわれわれもまたフィクショナルな存在かもしれないということになるからである。一八三三年に、カーライルは次のように述べている。世界史とはすべての人間が書き、読み、理解しようとつとめ、なおかつその中にすべての人たちもまた書き込まれている無限の神聖な書物である、と。

＊1——ルカヌス（三九—六五）の作品で、前一世紀半ばのカエサルを中心にしたローマの内乱を描いた英雄叙事詩。
＊2——一八五七—一九二四。ポーランド生まれのイギリスの小説家。
＊3——十六世紀初頭に出版されたスペインを代表する騎士道小説『アマディス・デ・ガウラ』を指す。
＊4——一八七三—一九六七。スペインの作家。
＊5——一八七五—一九三九。スペインの詩人。
＊6——一八四八—一九二九。アルゼンチンで暮らして、フランス語で執筆した作家。
＊7——一五八五年にセルバンテスが発表した牧人小説。
＊8——十二世紀のユダヤ教の律法博士。
＊9——紀元前数世紀頃のインドの詩人。
＊10——一八五五—一九一六。アメリカの哲学者。

オスカー・ワイルドについて

ワイルドの名を聞いて思い浮かぶのは、**ダンディ**で詩人、ネクタイと隠喩で人をびっくりさせてやろうというつまらない考えを抱いたひとりの紳士の姿である。その名前はまた、ヒュー・ヴェレカーやシュテファン・ゲオルゲ[*1]の巧緻なタピストリーが示しているように、芸術を選ばれた、あるいは秘めやかな遊戯と見なす詩人の姿を、また営々として怪物を生み出す工匠《モンストローム・アルティフェクス》（プリニウス[*2]、二十八巻、二）の姿を思い起こさせる。また、十九世紀の倦怠の色に染められたたそがれと、温室や仮装舞踏会の重苦しい盛装を想起させる。こうしたイメージはどれも偽りではないが、はっきり言えばどれもが部分的に真実をついているにすぎず、それ自体は明白な事実を否定するか、もしくはないがしろにするものである。

たとえばここで、ワイルドは象徴派の流れを汲む詩人であるという一般的な見方について考えると、いろいろな状況から見て、この考え方は間違いでないように思われる。すなわち、一八八一年頃、ワイルドは耽美派の詩人たちを率い、その十年後には頽廃派の詩人たちのリーダーになっていた。レベッカ・ウェストは、この頽廃派に《中産階級のレッテル》を貼りつけたのはワイルドであるとして、彼を不当に非難している（『ヘンリー・ジェイムズ』、Ⅲ）。『スフィンクス』と題された彼の詩の語彙は、苦心の跡のうかがえる見事なものであるし、彼はまたシュオッブ[*3]やマラルメの友人でもあった。しかし、一方にこのような通念を覆す重要な事実がある。すなわち、詩であれ散文であれ、ワイルドの文章はつねに平明そのものなのである。イギリスの数多い作家の中でも、ワイルドほど外国人にとって近づきやすい作家はいない。キップリングの一節やウィリアム・モリスの詩の一連に手を焼く読者も、『ウィンダミア夫人の扇』なら午後の何時間かで読み切ってしまうだろう。ワイルドの詩法は自然である。あるいは、つとめて自然に見せかけようとしている。彼の作品には「人々に見捨てられ、同じ孤独の人キリストとともにひとり」といった、ライオネル・ジョンソン[*4]の生硬で博識ぶったアレクサンドラン[*5]のような実験的な詩は一篇も収められていない。

　ワイルドは技法をまったく無視したが、それは彼が本質的に偉大な作家であることを物語っている。彼の作品がその名声と同質的なものであるのなら、彼の書くものはすべて『レ・

パレ・ノマード』、あるいは『庭のたそがれ』といった技巧的な作品になっているはずである。ワイルドの作品にはたしかにその種の技巧が数多く見出される。『ドリアン・グレイ』の第十一章、『売春宿』、『黄色のシンフォニー』といった作品を思い浮かべてみればよい。しかし、そうしたものは非本質的なものである。紫の布帛という言葉を編み出して、彼に貼りつけたのはリケッツとヘスキス・ピアソンだが、ワイルド自身はそんなものを無視することもできたのである。もっともこの言葉は、すでに（ホラティウスが）[*6]ピーソ父子に宛てた書簡の序文で用いている。このような形容句をつけられたために、以後ワイルドの名はつねにけばけばしい章句と結びつけられるようになった。

長年ワイルドの著作に親しんできた読者として、これまで彼の賞賛者たちも気づいていなかったように思われる点を指摘しておこう。すなわち、ワイルドの言っていることはほとんどいつも筋が通っているということであり、この基本的な事実は容易に確かめることができる。『社会主義下の人間の魂』という作品は説得力があるだけでなく、彼の公正なものの見方が光っている。『ベル・メル・ガゼット』紙や『スピーカー』[*7]紙に彼が書き散らした散文は洞察に富んだ観察にあふれ、レズリー・スティーヴンやセインツベリー[*8]の最良の文章と見なされているものをはるかにしのいでいる。ワイルドはこれまで、ライムンドゥス・ルルス[*9]

にならって組み合わせの魔術を用いたとして非難されてきた。たしかにその批判は、「一度見たら、いつも忘れてしまうようなイギリス人の顔のひとつ」といった軽口についてなら当てはまるだろう。しかし、たとえば音楽とは未知の、おそらくは真の過去をわれわれに啓示してくれる（『芸術家としての批評家』）とか、人は誰でも自分の愛するものを殺してしまう（『レディング監獄の歌』）とか、ある行為について後悔するのは過去を修正することである（『獄中記』）とか、あらゆる瞬間におのれの過去と未来でないような人間は存在しない（『獄中記』）といったレオン・ブロア[*10]やスウェーデンボリを思わせるような章句[☆1]などには当てはまらない。以上のような文章を引用したのは、ワイルドを尊敬してもらおうという意図があってのことではない。一般にワイルド的なものとされている精神とはおよそかけ離れた精神が、ここに読み取れるはずだからである。わたしの考え違いでなければ、ワイルドはアイルランドのモレアス[*11]であるといって片付くような作家ではない。彼は時に気が向けば象徴派の遊びに加わった十八世紀人である。ギボン、ジョンソン、ヴォルテールと同じく、ワイルドは才知に恵まれているばかりか、その語るところは理にかなっていた。彼は、「ひと言で決めつければ、古典派の作家」であった[☆2]。時代の求めるものを時代に与え、大勢の読者には《お涙ちょうだいの喜劇》《コメディ・ラルモヤント》を、少数の読者には言葉のアラベスク模様を、一種なげやりな快活さで矛盾するようなことをやってのけた。ただ難を言えば、あまりにも完璧なことである。彼の作品は調和がとれすぎていて、月並みで陳腐なものに見える。ワイルドのエピグラムを欠いた世界を想像するのは困難だが、だからといって、彼のエピグラムが人をうならせることに変わりない。

補足的な意見。オスカー・ワイルドの名は平原の町々と結びついており、彼の栄光は有罪判決と牢獄に結びついている。しかし、ヘスキス・ピアソンが見抜いていたとおり、彼の作品の根底にあるのは歓喜である。それにひきかえ、肉体と精神の健康を具現しているチェスタートンのすぐれた作品には、危うく悪夢に変じかねないものが潜んでいる。悪魔的なものと恐怖とが機をうかがっているのだ。チェスタートンが懸命になって幼年時代を取り戻そうとした作家だとすれば、ワイルドは悪や不幸に親しみながらも無垢なものをけっして失うことはなかった。

チェスタートン、ラング、ボズウェル[*12]と並んで、ワイルドもまた批評家たちの、時には読者の是認を必要としない幸せな作家のひとりである。というのも、彼の作品をひもとくと、われわれはいつも抗いがたい喜びを感じるからである。

一九四六年

☆1――参考までに、アルノー[*13]を仰天させたライプニッツの奇妙な理論を引いてみよう。「個々の人間の概念の中には、やがて自分の身に起こるであろうすべての出来事が、先験的に内包されている。」この弁証法的な宿命論によれば、アレクサンドロス大王がバビロニアにおいて死ぬという事実は、この王の傲慢さと同様、彼の素質ということになる。

☆2――この一文は、レイエス[*14]がメキシコ人を対象にして書いたものである（『日時計』、一五八ページ）。

＊1――一八六八―一九三三。ドイツの詩人。

＊2――ガイウス・プリニウス・セクンドゥス、二三頃―七九。ローマの軍人、政治家、博物学者。

＊3――マルセル、一八六七―一九〇五。フランスの作家。

＊4――一八六七―一九〇二。イギリスの詩人、評論家。

＊5――一行十二音節で、十六世紀以降フランス詩の標準的詩形になった。

＊6――前六五―前八。ローマの詩人。

＊7――一八三二―一九〇四。イギリスの文学者。
＊8――ジョージ、一八四五―一九三三。イギリスの批評家。
＊9――ラモン・ルルとも、一二三五―一三一五。マジョルカ島出身の哲学者、修道士。
＊10――一八四六―一九一七。フランスの作家。
＊11――ジャン、一八五六―一九一〇。フランスの詩人。
＊12――ジェイムズ、一七四〇―九五。イギリスの弁護士、伝記作家。
＊13――アントワーヌ、一六一二―九四。フランスの神学者。
＊14――アルフォンソ、一八八九―一九五九。メキシコの詩人、文学研究者。

ジョン・ウィルキンズの分析言語

わたしが確認したところでは、『ブリタニカ百科事典』の第十四版ではジョン・ウィルキンズに関する項目が削除されている。内容が取るに足らないほどつまらないもの（二十行にわたって伝記的記述が羅列されているにすぎない。すなわち、ウィルキンズは一六一四年に生まれた、ウィルキンズは一六七四年に死亡した、ウィルキンズはパラティン伯チャールズ・ルイスの主任司祭であった、ウィルキンズはオックスフォードのカレッジのひとつの校長に任命された、ウィルキンズはロンドンにある英国学士院の筆頭書記であったなど）であることを考慮すると、この削除は無理からぬことだと思われる。しかし、ウィルキンズの思索的な著作を考えると、削除したのは間違いだったと言わざるをえない。彼は好奇心に満ちあふれていた。神学、暗号法、音楽、透明な蜂の巣の製造、目に見えない惑星の運行、月世界旅行の可能性、世界言語の可能性とその原則といったものに興味を抱いていた。そして、この最後のテーマに関して『真の表意文字と哲学的言語に向けてのエッセイ』(四つ折判、六百ページ、一六六八)という本を書いている。わが国の図書館には上記の著作がないので、このエッセイを書くに当たって以下の本を参照した。P・A・ライト・ヘンダーソン『ジョン・ウィルキンズの生涯と時代』(一九一〇)、フリッツ・マウトナー[1]『哲学事典』(一九二四)、E・シルヴィア・パンクハスト『デルフォス』(一九三五)、ランスロット・ホグベン[2]『危険な思想』(一九三九)。

ある婦人が間投詞と破格構文をふんだんに用いて、luna[3]という単語よりもmoonの方が表現豊かである(あるいは、表現力に乏しい)と断言する、反論しようのない議論に誰もが一度は巻き込まれたことがあるにちがいない。そのような事物を言い表すには、二音節のlunaよりも単音節のmoonの方が適切だと考えられるが、それはそれとしてこうした場合、何を言っても議論を実りあるものにすることはできない。合成語や派生語を別にすれば、世界のあらゆる言語(ヨハン・マルティン・シュライヤーのヴォラピューク[4]やペアノ[5]のロマンス語系のインテルリングア[6]も含めて)も同様に表現力には乏しい。スペインの王立学士院刊行の文法書はどの版を見ても、「豊饒この上ないスペイン語の鮮烈、適切、かつ表現力に富んだ言葉の、羨望の的になっている宝庫」と誇らしげに書かれているが、これは何の確証もない単なる自慢でしかない。その一方で、同じ王立学士院は数年ごとにスペイン語を定義した辞書を作製している……。ウィルキンズが十七世紀半ばに考え出した世界言語では、個々の単語がそれ自身を定義している。一六二九年九月の日付の入った書簡でデカルトは、十進法を使えば、一日ですべての数量を無限まで勘定し、それを記数法[☆1]という新しい言語で書き記すことを学べると書いている。彼はまた、類似の全般的な言語、つまり人間のあらゆる考えを整理し、包摂するような言語の創造を提案していた。ジョン・ウィルキンズは一六六四年頃にその作業に取りかかった。

彼は宇宙を四十のカテゴリー、もしくは類に分かち、それをさらに差異に分け、差異をさらに種に分類した。それぞれの類には二文字から成る一音節の語を当て、それぞれの差異には子音を当て、種には母音を当てた。たとえば、de は元素を意味している。deb は諸元素の第一番目に当たる火のことであり、deba は火という元素の一部、つまり炎を意味する。レトリエの類似言語（一八五〇）では、a は動物を意味している。ab は哺乳類、abo は肉食獣、aboj は猫科、aboje は猫、abi は草食獣、abiv は馬、といった具合である。ボニファシオ・ソトス・オチャンド[*7]の類似言語（一八四五）では、imaba は建物、imaca はハーレム、

imafe は病院、imafo はハンセン病院、imari は家、imaru は別荘、imedo は支柱、imede は柱、imego は地面、imela は屋根、imogo は窓、bire は製本工、birer は製本する、といったようになっている。（この最後の表は一八八六年にブエノスアイレスで印刷された著作、ペドロ・マタ博士の『世界言語講義』に負っている。）

ジョン・ウィルキンズの分析言語に出てくる単語は気まぐれでばかげた象徴ではない。単語を構成している文字の一つひとつが、カバラ学者にとって聖書がそうであるように意味深いものなのである。子供ならその言語を人工的なものと気づかずに学習するだろうし、その後学校に入ったらその言語が宇宙の鍵であり、秘められた百科事典だということを発見するだろう、とマウトナーは述べている。

ウィルキンズの方法が明らかになったので、次は後回しにできない、もしくはそうすることが困難な問題、つまりあの言語のベースになっている四十の部分に分けられた表の価値に検討を加えなければならない。まず、八番目のカテゴリー、石のカテゴリーを見ていくことにしよう。ウィルキンズは石を以下のように分けている。ありふれたもの（火打石、砂利、スレート）、通常のもの（大理石、琥珀《こはく》、サンゴ）、貴重なもの（真珠、オパール）、透き通ったもの（アメジスト、サファイア）、溶解しないもの（石炭、フーラー土、砒素《ひそ》）。九番目のカテゴリーも八番目と同じように驚くべきものである。このカテゴリーは金属について明らかにされている。不完全なもの（辰砂、水銀）、人工的なもの（青銅、真鍮）、屑もの（やすり屑、錆）、自然なもの（金、錫、銅）。十六番目のカテゴリーには鯨が、胎生で横に長い魚として出ている。こうしたあいまいで、冗長かつ不完全な記述は、フランツ・クーン博士[*8]が『支那の慈悲深き知識の宝典』と題された中国のある百科事典に見られると指摘している記述を思い起こさせる。はるか昔のその著述の中で動物は以下のように分類されている。（a）皇帝に属するもの、（b）バルサム香で防腐処理したもの、（c）訓練されたもの、（d）乳離れしていない仔豚、（e）人魚、（f）架空のもの、（g）はぐれ犬、（h）上記の分類に含まれているもの、（i）狂ったように震えているもの、（j）数え切れないもの、（k）ラクダの毛で作ったきわめて細い筆で描かれたもの、（l）など《エトセトラ》、（m）つぼを壊したばかりのもの、（n）遠くからだとハエのように見えるもの。ブリュッセルの書誌学研究所が提示しているのもやはり混沌としている。宇宙を千の部分に細分化しているが、その中の二六二番はローマ教皇に当てられている。二八二番はローマ・カトリック教会、二六三番は聖体の祝日、二六八番は日曜学校、二九八番はモルモン教、二九四番はバラモン教、仏教、神道、それに道教に当てられている。細分化されたものの中には雑多なものも含まれている。

たとえば、一七九番は「動物に対する虐待。動物の保護。モラルの観点から見た決闘と自殺。種々の悪徳と欠点。種々の美徳と美点」といった具合である。

ここまでウィルキンズ、中国の知られざる（もしくは、怪しげな）百科事典編纂者、それにブリュッセルの書誌学研究所の恣意的な分類を見てきた。言うまでもなく宇宙の分類というのは、推測に基づいた恣意的なものにならざるをえない。理由はきわめて単純で、われわれが宇宙の何たるかを知らないという点にある。デイヴィッド・ヒュームはこう書いている。「世界はおそらく幼児的なある神が描いた稚拙な素描なのだろう。しかもその神は自分の素描の出来がまずいということを恥じて、途中で投げ出してしまったのだ。世界は上位の神かにばかにされている下位のある神が作り出したもの、もしくは今ではもう死んでしまっている、老いさらばえて引退した神が作り上げたわけの分からない代物なのである」（『自然宗教に関する対話』V、一七七九年）。ここからさらに先へ進むことができる。宇宙という野心的な言葉には、一切を統一する有機的なという意味があるが、そのような意味での宇宙は存在しないと仮定することができる。もしそのようなものが存在するのであれば、その意図を推測しなければならないし、さらに神の秘密の辞書に収録されている単語、定義、語源、同義語がどのようなものか推測しなければならない。

宇宙に関する神の図式が読み解けないからといって、人間的なそれを構想していけないわけではない。といってもそれは暫定的なものでしかないが。ウィルキンズの分析言語というのは、そうした中にあってもっとも注目に価しないものだというのではない。その言語を構成している類と種は矛盾している上に漠然としている。ただ、単語を構成している文字によって大きく分けた部門と、それを細分化した小部門とを指示するという技法は独創的である。salmón（スペイン語、鮭）という単語それ自体はわれわれにとって何も意味していない。それに対応するzanaという語は（四十のカテゴリーとそれらのカテゴリーを構成している類に通じている人にとって）うろこがあり、ピンク色の肉をした淡水魚を意味している。（理論的には、個物を指す名詞が、過去と未来の運命のすべての細部を示している言語を想定することは可能である。）

期待とユートピアを別にすれば、これまで言語に関して書かれたもっとも明晰な言葉は次のチェスタートンのそれである。「秋の森にはさまざまな色があるが、それ以上にわれわれを戸惑わせる無数の名もない色合いが魂の中にあることを人は知っている……。にもかかわらず、さまざまな形で溶け合い、変化したそうした色合いがキーキー、ブウブウいう耳ざわりな音声の恣意的なメカニズムによって正確に表現できると思い込んでいる。株式仲買人の内面から、彼の秘められたすべての記憶と彼の苦悩に満ちたすべての欲望を表す音が聞こえてくると信じているのである。」(『G・F・ワッツ』八八ページ、一九〇四年)

☆1――理論的には、計算法の数は無限である。(神々と天使たちが用いるための)もっとも複雑な計算法はそれぞれの整数に対応する無限数の象徴が登録されているはずである。もっとも単純な計算法が必要とするのは二つの象徴である。零は0、一は1、二は10、三は11、四は100、五は101、六は110、七は111、八は1000……というふうに表記する。これは『易経』の六芒星形に刺激された(ように思われる)ライプニッツの考え出したものである。

*1――一八四九―一九二三。オーストリアの著述家。
*2――一八九五―一九七五。イギリスの生理学者。
*3――Luna はスペイン語で月の意味。
*4――一八八〇年にドイツ人の聖職者シュライヤー(一八三一―一九一二)が作り出した人工言語。

＊5――ジュゼッペ、一八五八―一九三二。イタリアの数学者、論理学者。
＊6――一九〇三年にペアノが考え出した人工言語。
＊7――一七八五―一八六九。人工言語を作り出したスペインの聖職者。
＊8――一八一二―八一。ドイツの哲学者。

カフカとその先駆者たち

以前、わたしはカフカの先駆者について考えたことがある。最初カフカというのは修辞的な賛辞が浴びせられる不死鳥のように類稀な作家だと思っていた。しかし、彼の作品を何度か読み返した後、さまざまな時代のさまざまな文学のテキストの中に彼の声、あるいは彼の気質を見出したように思った。以下、年代順に何人かを取り上げて検証してみよう。

最初は、運動を否定したゼノンのパラドックスである。A点にある動体は（と、アリストテレスは述べている）B点にたどり着くことはできないだろう。なぜなら、その前に二点間の半分の距離を通過しなければならないし、その前に半分の半分の距離を、さらにその前に半分の半分のそのまた半分の距離を通過しなければならず、それが無限に続くからである。この有名な難問の形式がまさに『城』のそれなのである。そして、動体と矢、それにアキレスが文学における最初のカフカの先駆者である。本を読んでいて偶然見つけた二番目のテキストでは、類似性は形式ではなく、雰囲気のうちにある。九世紀の散文家、韓愈の寓話がそれで、マルグリの『中国文学精髄』(一九四八年)に収められている。以下に引用したのはわたしが選んだ神秘的で冷静な一文である。「一角獣が瑞兆を表す超自然的な生き物であることは広く知られている。頌歌や編年記、貴人の伝記や疑う余地のない権威あるテキストの中にそう書かれている。女子供でさえ、一角獣が吉兆の証であることを知っている。しかしこの動物は家畜の中に含まれていないし、発見するのがむずかしく、分類もできない。馬あるいは牛のようでも、狼あるいは鹿のような生き物でもない。したがって、一角獣を前にしても、それが何という動物なのか正確に知ることができない。その動物にたてがみがあれば馬だし、角があれば牛だということは分かっている。つまり、一角獣がどのような動物なのか分からないのである。[☆1]」

三番目のテキストはキルケゴール[*1]の著述がもとになっているので、予測するのはより簡単だろう。彼ら二人の知的類似性はよく知られているが、キルケゴールがカフカと同じように現代的かつブルジョア的なテーマで宗教的な寓話を数多く書いていることは、わたしの知るかぎり今まであまり注目されなかった。その著書『キルケゴール』(オックスフォード大学出版局、一九三八）の中でローリーは寓話を二つ紹介している。ひとつは、たえず監視されながら英国銀行発行の紙幣を検査している偽札作りの話である。神もやはり同じようにキルケゴールを信用していないし、彼がよからぬことに手を染めていると分かっているが、まさしくそれゆえに彼にある使命を与えたのだろう。もうひとつの寓話の主題は、北極探検である。デンマークの聖職者たちが説教壇の上から、その探検を行うことは魂を健全な形で永遠に保つのにいいことであると説いた。しかし一方で、極点に到達するのはむずかしい、いや、おそらく不可能だから、誰もがそのような冒険に乗り出せるわけでないことは彼らも認めていた。結局どのような旅行――たとえば、定期航路の船でデンマークからロンドンへ行くなり、日曜ごとに貸し馬車で遠出をしても、それは考えてみれば本当の意味で北極探検をするのと変わりないはずであると告げた。四番目の先駆的な寓話は、一八七六年に出版されたブラウニングの『恐れとためらい』の中で見つけた。ある男は、有名人の友達がいる、というか、そういう友達がいると思っている。その友人とは一度も会ったことがなかったし、その友人が現在まで彼を援助したことはなかった。しかし、その友人は非常に高潔な人物だと言われていて、その人が書いたという手紙を見せてまわる。中にはその友人が高潔な人物だというのを疑う人もいるし、筆跡鑑定人たちは手紙が偽筆であると断定している。最後の行で男はこう問いかける。「もしこの友人がひょっとして……神だとしたら?」

わたしのメモには短編が二つ書きとめてある。ひとつはレオン・ブロアの『不愉快な物語』に収められているもので、地球儀や地図帳、列車の時刻表、トランクを沢山溜め込んでいるのに、生まれた町から一歩も外に出ずに死んでいく人たちのことが語られている。もうひとつは、ダンセイニ卿[*2]の「カルカソンヌ」と題された作品である。無敵の軍隊が無限の城を出てあちこちの王国を切り従え、怪物を目にし、砂漠と山を越えていくが、あるときちらっと目にしただけでついにカルカソンヌにたどり着くことができない(この短編は、あらためて指摘するまでもないが、先のものとまったく逆のストーリーになっている。つまり、前者ではついに町から出ていかないのに対して、後者では永遠に町にたどり着くことができないのである)。

わたしの間違いでなければ、これまで列挙してきたさまざまな作品はカフカに似ている。わたしの間違いでなければ、すべての作品が互いに似通っているわけではない。後者がもっとも重要である。程度の差こそあれ、先に挙げたテキストのそれぞれのうちにカフカの特徴が見られる。しかし、カフカがもし何も書いていなかったら、われわれはそうした特徴に気づかなかったにちがいない。つまり、そうした特徴は存在しないということなのだ。ロバート・ブラウニングの詩『恐れとためらい』はカフカの作品を予兆している。しかし、われわれがカフカを読むことによって、あの詩の読み方が目に見えて深められ、違ったものになる。ブラウニングは現在われわれが読むようにあの詩を読まなかった。先駆者という単語は批評的な語彙には欠かせないものだが、一切の論争的な、あるいは敵対的な含意を消し去らなければならない。それぞれの作家が自らの先駆者を創造するというのは事実である。そのせいで過去に関するわれわれの概念が変化するが、未来についてもそれと同じことが言えるだろう。[☆2] こうした相関関係においては、人間のアイデンティティや複数性はまったく意味をもたなくなる。先駆者という点では、『観察』を書いた初期のカフカよりも、ブラウニング、あるいはダンセイニ卿のほうが暗い神話に包まれ、身の毛のよだつような施設を創造したカフカにより近い作家だと言えるだろう。

☆1——聖なる動物がどのようなものか分からずに、恥ずべきことに、あるいは偶然に無知な民衆の手で殺されるというのが、中国文学の伝統的なテーマである。ユンクの『心理学と錬金術』（チューリッヒ、一九四四）の最終章を参照のこと。そこには二つの奇妙な図版が収められている。

☆2――T・S・エリオット『視点』（一九四一）二五―二六ページ参照。

＊1――セーレン・オービエ、一八一三―五五。デンマークの宗教思想家。

＊2――ロード、一八七八―一九五七。アイルランドの劇作家。

書物の信仰について

『オデュッセイア』の第八巻に、神々は来るべき世代の人たちにとって歌い継がれるべき題材がなくならないように悲運を織り上げるという一節が出てくる。マラルメは「世界は一冊の書物に到達するために存在する」と述べているが、これは不幸を芸術的に理由づけようとする考え方を約三十世紀後に繰り返したもののように思われる。ただ、この二つの神学は完全に一致しているわけではない。あのギリシア人の神学は口承の時代に属しており、フランス人のそれは書き言葉の時代に属している。一方の神学では、歌うことについて語られており、もう一方のそれでは書物について語られている。書物はどのようなものであってもわれわれにとって神聖なものである。セルバンテスはおそらく人々が語っていることをすべて聞き取ったわけではないだろうが、「道に落ちている紙切れ」まで読んでいた。バーナード・ショーのある喜劇の中で、火がアレクサンドレイアの図書館を脅かす。それを見てある人が、人類の記憶が炎に包まれると叫ぶ。シーザーはその人に向かって、「燃えればいい、汚辱の記憶なのだから」と言う。シーザー本人がその一文を読んだとしても、自分の言葉であると認めるかどうかは分からない。しかし、われわれと違ってシーザーは書物を冒瀆するためにあのようなことを言ったのではない。理由は明白である。古代の人たちにとって書き言葉というのは、話し言葉の代替物でしかなかったのだ。

ピタゴラスが何も書き残さなかったことはよく知られている。ゴンペルツ[*1]（『ギリシアの思想家』I、三）は、ピタゴラスがものを書かなかったのは話し言葉による教育のほうがより効果があると信じていたからだと擁護している。ピタゴラスは単に書くことを放棄しただけだが、それよりもプラトンの明確な証言のほうが説得力に富んでいる。彼は『ティマイオス』の中で「この万有の作り主であり父である存在を見出すことは、困難な仕事でもあり、また見出したとしても、これを皆の人に語るのは不可能なことです」（種山恭子訳）と述べ、また『パイドロス』において書記（これが習慣化すると、記憶力を活用しなくなり、記号に頼るようになる）という書記を否定するエジプトの寓話を語り、さらに続けて、書物というのは生きているように見えるが、何か問いかけても答え返してこない肖像画のようなものであると述べている。こうした不便さを緩和、もしくは排除するために彼は哲学的対話を思いついた。師は弟子を選ぶが、書物は読者を選ばないので、読者の中にはよこしまな人、あるいは愚かな人も含まれている。プラトンが抱いていたこのような不安は異教の文化に詳しかったアレクサンドレイアのクレメンスの言葉の中に生き続けている。「もっとも賢明なことは書くのではなく、生の声で学び、教えることである。なぜなら書かれたものは残るからである」(『雑纂《ストロマテイス》』)、さらに同じ論文で次のように述べている。「一冊の書物にすべてのことを書き込むというのは、子供の手に剣を持たせるようなものである。」この言葉もやはり福音書に由来している。「聖《せい》なる物《もの》を犬《いぬ》にやるな。また真珠《しんじゅ》を豚《ぶた》に投《な》げてやるな。恐《おそ》らく彼《かれ》らはそれらを足《あし》で踏《ふ》みつけ、向《む》きなおってあなたがたにかみついてくるであろう」(『マタイによる福音書』第七章)。これは口頭による教えに関しては最高の師であるイエスの言葉である。イエスは一度だけ地面にいくつかの単語を書いたが、誰にも読めなかった(『ヨハネによる福音書』八・六)。

アレクサンドレイアのクレメンスは二世紀末に書き言葉に関する自分の不安を文章にしたが、多くの世代を経た四世紀末になって考え方に変化が起こり、やがて話し言葉よりも書き言葉が、生の声よりも書かれた言葉のほうがすぐれているという考え方が頂点に達する。驚嘆すべき偶然のおかげで、その壮大な変化の端緒となる瞬間が定められることになった。(あれを瞬間と呼んでも誇張にはならないだろう。)『告白』の第六巻で聖アウグスティヌスは次のように述べている。「彼(訳注:アンブロシウスのこと)[*2]が読書していたときには、その目はページを追い、心は意味をさぐっていましたが、声と舌とは休んでいました。しばしば、わたしたちがそこにいあわせたとき──何人《なんぴと》も入室をこばまれず、来客はとりつがれないのがならわしでしたから──、彼がそのように黙読しており、けっしてその態度を変えないのを見ました。そして長い間黙ってすわっていて──こんなに熱中している人に、どうして迷惑をかけることができましょう。──それからわたしたちは立ちさったものです。そしてこのように推測するのでした。彼は精神を回復するために、たまたま得ることのできたそのわずかな時間、他人のうるさい用件から解放され、別の用件に呼びもどされることをのぞんでいないのかしら。それとも読んでいる書物の著者が何か明瞭でないことを述べている場合、はたで注意深く熱心に聞いている者があって、その人に説明したり、何かむずかしい問題について議論せねばならなくなり、そういう仕事に時間をとられて、のぞむほど多くの書物が閲読できなくなるようなことのないように、用心しているのではないかしら、と。もっとも、彼の声はすぐしわがれましたから、声を保護するのが、黙読の本当の理由だったかもしれません。いかなる意向によることであったにせよ、とにかくあの人のすることとは、正しい意向にもとづいていたのです」（山田晶訳）。聖アウグスティヌスは三八四年頃、ミラノの司教をしていた聖アンブロシウスの弟子であった。それから十三年後に彼はヌミディアで『告白』を書き上げたが、そのときもまだある人が部屋の中で書物を前にし、声を出さずに本を読んでいる異様なあの光景を目にしたときの不安は消えていなかった。[☆1]

アンブロシウスは書記の記号から、音声の記号を飛ばして直接直観へと移行した。彼がはじめた奇妙な技術、小さな声で本を読む技術は驚くべき結果をもたらした。長い年月が経って、本がある目的を達成するための手段ではなく、目的そのものになったのである。（この神秘的な概念が世俗的な文学に移し替えられると、フロベールとマラルメ、ヘンリー・ジェイムズとジェイムズ・ジョイスの運命が導き出されることになる。）何かを命じる、あるいは禁じるために神が人間と話をするという考え方は絶対の書物、聖書の概念と重なり合う。イスラム教徒にとって（キタブ、すなわち書物とも呼ばれる）『コーラン』は人間の魂、あるいは宇宙のように神が創り出されたものではなく、神の永遠、あるいは怒りと同様その属性のひとつである。第十三章に、原典である『書物の母』は天上に大切にしまい込まれているると書かれている。スコラ哲学者たちからアルガゼルと呼ばれていたムハンマド・アル・ガザーリー[*3]は次のように述べている。「『コーラン』はある書物に複写され、舌で発音され、心の中に記憶される。しかし、それは神の中心で生き続け、文字にして書かれたページや人間の理解がそれを変更することはない。」ジョージ・セール[*4]は創造されたのでないあの『コーラン』は理念そのもの、あるいはプラトン的原型にほかならないと述べている。アルガゼルが《書物の母》という概念を正当化するために、『清純兄弟会百科全書』とアヴィケンナ[*5]を通してイスラム世界に伝えられた原型という考え方を用いたというのは大いにありうることである。

イスラム教徒よりも現実離れしているのがユダヤ教徒である。彼らの聖書の第一章に有名な一節が出てくる。「神《かみ》は「光《ひかり》あれ」と言《い》われた。すると光《ひかり》があった」。カバラ学者たちは、主の命令が持つ力は言葉の文字に由来していると主張した。六世紀頃にシリア、あるいはパレスチナで書かれた『セフェル・イエツラー』(形成の書)は全軍を率いるエホバ、イスラエルの神にして全能の神は一から十までの基数とアルファベットの二十二文字を使って宇宙を創造したことを明らかにしている。数字が創造の道具、もしくは要素であるというのはピタゴラスとヤンブリコスの教義である。そして、文字がそうであるということは書記が新たに信仰の対象になったという徴《しるし》である。第二章第二節には次のような祈りが出てくる。「基本となる二十二文字。神はそれを書き込み、刻みつけ、組み合わせ、重みをはかり、並べ替え、そしてそれらを使って今あるものとこれからあるはずのものすべてを創造した。」ついで、どの文字が空気を支配し、どれが水を、どれが火を、どれが知恵を、どれが平和を、どれが恩寵を、どれが夢を、どれが怒りを支配するのか、また（たとえば）生命を支配するカフという文字がどのようにしてこの世界の太陽と一年の中の水曜日、そして身体の中の左耳を形成するのに役立ったかを明らかにしている。

キリスト教徒はユダヤ教徒以上に現実離れしている。神が一冊の本を書かれたという考えをもとに、そこからさらに進んで、神は書物を二冊書かれたが、もう一冊というのは宇宙であると空想した。十七世紀はじめ、フランシス・ベーコンはその著書『学問の進歩』の中で、神はわれわれが誤謬に陥らないように二冊の書物を書き表されたと述べている。一冊は神の意志を表す聖書の巻で、もう一冊は自らの力を明示し、その力の明示が聖書の巻を読み解く鍵になっている被造物の巻であると言っている。ベーコンは単なる隠喩以上のものを提起しようとした。彼によれば世界は（気温、密度、重量、色彩といった）本質的な形相に還元することができ、そうした形相は限られた数の《自然のアルファベット》によって、あるいは普遍的なテキストを作り上げている一連の字母によって構成されているとのことである。[☆2] サー・トマス・ブラウン[*6]は一六四二年頃に次のように書いている。「わたしがつねづね神とは何かを学び取っている書物は二つある。ひとつは神について書かれたもので、もうひとつは誰の目にも明らかな、普遍的でよく知られている神の僕《しもべ》とも言うべき自然について書かれた手稿本である。一方で神に出会えなかった人は、もう一方で神を見出したはずである」(『医師の宗教』I、一六)。同じパラグラフに次のような一文が出てくる。「自然は神の芸術作品《アート》であるという意味で、あらゆる事物は技巧的《アーティフィシャル》である。」それから二百年後に、スコットランド人のカーライルは著作のいろいろな箇所で、とりわけカリオストロを論じたエッセイでベーコンの推論を超えた考えを述べている。つまり、世界史はわれわれがそれを読み解き、不確かなまま書き綴っている一冊の聖書であり、その中にはわれわれ自身もまた書き込まれていると言っている。その後レオン・ブロアが次のように書いた。「自分が誰なのかを明言できる人間はこの地上に存在しない。何をするためにこの世界にやってきたのか、自分の行為、感情、思念が何に対応しているのか、自分の真の**名前**、光の登録簿に載っている不滅の**名**がどのようなものかを知っている人間は存在しない……。歴史とは途方もない儀典書であり、その中ではイオタ[*7]とピリオドが文章の節、あるいは章全体に劣らないほどの価値を備えているが、それらの重要性は定まっておらず、深く隠されている」(『ナポレオンの魂』)。マラルメによれば、世界は一冊の書物に到達するために存在し、ブロアによればわれわれは魔術的な書物の節、あるいは単語、文字でしかなく、その絶え間なく書き足されていく書物はこの世界に存在する唯一のものである。つまり、より正確に言えば、それが世界なのである。

ブエノスアイレス、一九五一年

☆1――あの時代、句読符号も単語の分かち書きもなかったので、意味をよりよく理解するために大きな声で読む習慣があり、さらに手稿の数も不足していたので、その不便さを補うため、あるいは克服するためにみんなで声を出して読むのが慣習になっていた、と注釈者たちは指摘している。サモサタのルキアノス[*8]の『本をあがなう無知な人たちに向けて』の中に、二世紀のそうした習慣に関する証言が出てくる。

☆2――ガリレオの著作には本と同じくらい数多くの宇宙の概念が見られる。ファヴァロの編んだ選集（『ガリレオ・ガリレイ、思想、金言、警句』、フィレンツェ、一九一四）の第二部は「自然の書物」と題されている。その中に出てくる以下の一節をここに引用しておく。「哲学はわれわれの目の前に開かれているこの上もなく偉大な書物（つまり、宇宙のことだが）の中に書かれている。しかし、その言語を研究し、それが書かれている文字を知らなければ、理解することができない。その本の言語は数学であり、文字は三角形、円、およびそれ以外の幾何学的な図形である。」

＊1――テオドア、一八三二―一九一二。オーストリアの言語学者、哲学史家。
＊2――三三三―九七。ミラノの司教、教会博士、聖人。
＊3――一〇五九―一一一一。イスラム神学者、哲学者。
＊4――一六九七―一七三六。イギリスの東洋学者。『コーラン』の翻訳者として知られる。
＊5――九八〇―一〇三七。アラビア名イブン・スィーナー。イスラムの哲学者、医学者。
＊6――一六〇五―八二。イギリスの医者、著述家。
＊7――ギリシア語でiに当たる文字。
＊8――一二〇頃―八〇頃。ギリシアの風刺詩人。

キーツの小夜啼き鳥

イギリスの抒情詩に親しんだ人なら、ジョン・キーツの『小夜啼き鳥に寄せるオード』を覚えておられるだろう。胸を病み、貧窮にあえぎ、恋に破れていたはずのキーツは一八一九年、二十三歳の春の一夜、ハンプステッドのある庭でこの詩を書き上げた。町外れの庭で、キーツはオウィディウスやシェイクスピアが歌った永遠の小夜啼き鳥のさえずりを聞いた。死すべき自分の運命を思い、それと目に見えない小鳥のやさしい不滅の声とを引き比べた。かつてキーツは、植物が芽を吹くように、詩人は自然に詩を生み出さなくてはならないと書いた。わずか二、三時間で彼は尽きることのない無限の美しさを湛えた詩を書き上げ、その後ほとんど手を加えなかった。わたしの知るかぎりその価値を疑った者はいないが、解釈となるとそうはいかない。問題の箇所は末尾から二連目である。たまたま居合わせた死すべき運命にある人間が、小鳥に向かって語りかける。「世の飢えたるものもおまえを踏みにじることはない。」そのときこの小鳥のさえずる声ははるか昔の夕暮れ時に、ルツがイスラエルの野で聞いた小鳥の声と重なり合う。

一八八七年に出版されたキーツに関する論文の中でシドニー・コルヴィン[*1]――スティーヴンソンの友人で文通の相手――は、わたしの取り上げた一節を難解と考えた。あるいは、そうひとり決めした。彼の奇妙な解釈を引用してみよう。「キーツは、人間のはかない生命を一個人のそれになぞらえ、小鳥の永遠の生命を種のそれになぞらえた上で、この両者を対比させているが、これは論理的に間違っているだけでなく、筆者の見るところでは詩の欠点ともなっている。」ブリッジェズ[*2]は一八九五年に、これと同じ批判を繰り返している。一九三六年、F・R・リーヴィス[*3]はそれを認めた上で、次のような注釈を加えている。「当然のことだが、その観念に含まれた誤謬こそ、キーツがそう考えざるをえなかった感情の激しさを証明するものであって……。」キーツはその詩の第一連で、小夜啼き鳥を木の精ドリュアスと呼んだ。別の批評家ガラッドはこの形容辞を取り上げて、第七連において小鳥は木の精になっているのだから不死であると、大真面目に論じている。それに比べると、エイミィ・ローウェル[*4]の解釈は理にかなっている。「想像力なり詩的感受性を多少とも持ち合わせている読者なら、キーツが歌ったのは、あのときさえずっていた小夜啼き鳥ではなく、その種全体であることを瞬時に直観することだろう。」

ここまで過去と現在の五人の批評家の意見を取り上げたが、中でももっともまともなものは、アメリカ人エイミイ・ローウェルの見解である。ただ、彼女は一夜かぎりの小夜啼き鳥と、種としての小夜啼き鳥とを対比させているが、これは容認しがたい。この連を読み解く鍵、正しい鍵は、キーツを読んだことのないショーペンハウアーの哲学書の一節にあるのではないかとわたしは考えている。

『小夜啼き鳥に寄せるオード』は一八一九年に書かれており、『意志と表象としての世界』の第二巻が出版されたのは一八四四年である。その第四十一章に次のような一文が出てくる。「正直に自らに問うてみるがよい。今春のつばめは最初の春のつばめとまったく異なるものであるか、また、両者のあいだに無からの創造の奇蹟が何百万回となく反復され、奇蹟はその回数だけ全面的な絶滅行為に手をかしてきたというのはほんとうであるのか、と。——もしわたしがだれかに、この中庭でたわむれている猫は三百年前そこで同じように飛び跳ね、ずるく立ちまわった猫と同一のものだ、と真顔で断言しようものなら、その人はわたしを気違いとおもうであろう。がしかしまた、今日の猫が三百年前の猫と徹頭徹尾別物である、とおもうのはこれ以上に狂気の沙汰《さた》である」（有田潤訳）。つまり、個人とはある意味で種全体であり、キーツの小夜啼き鳥もまたルツの小夜啼き鳥なのである。

キーツは、「わたしは何も知りませんし、これまで何も読んだことはありません」と書いているが、これは嘘でも誇張でもない。彼は学生が使う辞書の行間からギリシア精神を読み取った。ある夜、どれとも区別できない小夜啼き鳥のうちにプラトン的な小夜啼き鳥を直観したが、これは彼がプラトン的小夜啼き鳥を洞察した、もしくはよみがえらせたというこの上もなく微妙な証である。おそらく原型という言葉を定義できなかったキーツが、四半世紀ほど前にショーペンハウアーの命題のひとつを先取りしていたのである。

　これで難問が解決したわけだが、未解決の、先のとは違った二番目の問題が残されている。つまり、ガラッドやリーヴィス、その他の批評家たち[☆1]がなぜこの明白な解釈にたどり着かなかったのかというのがそれである。ケンブリッジは十七世紀にいわゆる**ケンブリッジ・プラトニスト**を多く集めた町だが、リーヴィスはこのケンブリッジ大学のあるカレッジで教鞭をとっている。また、ブリッジェズは『四次元』と題されたプラトン的な詩の作者である。このような事実を列挙していくだけでは謎は深まるばかりだろう。わたしの考えに誤りがなければ、イギリス人気質の何か本質的なものに原因があるのだろう。

コールリッジは、すべての人間は生まれながらにアリストテレス的かプラトン的であると言っている。プラトン的人間は、等級、序列、種類といったものは実在すると考える。一方、アリストテレス的人間は、そうしたものは普遍概念と見なす。言語は後者にとって象徴的な記号の適当な組み合わせにほかならないが、前者にとっては宇宙図なのである。プラトン的人間は、宇宙とは何らかの意味でひとつのコスモス、秩序であると理解しているが、アリストテレス的人間にとってはその秩序もおそらくわれわれの偏った知識が生んだ誤謬、もしくは虚偽でしかない。時代と場所が変わっても、この対立する両者は言葉や名称を変えながら永遠に生き続けていく。すなわち、一方にパルメニデス、プラトン、スピノザ、カント、フランシス・ブラッドリが、そしてもう一方にはヘラクレイトス、アリストテレス、ロック、ヒューム、ウィリアム・ジェイムズがいる。中世の難解な学派にあっては、誰もが人間理性の師範としてアリストテレスの名を挙げている（『饗宴』ダンテ、Ⅳ—二）。しかし、唯名論者とはアリストテレスのことであり、プラトンは実在論者なのである。十四世紀のイギリスの唯名論は、十八世紀のイギリスの周到綿密な観念論においてふたたびよみがえることになった。《実在は必要以上に増加させてはならない《エンティア・ノン・スント・ムルティプリカンダ・プラエテル・ネケシタテム》》という簡潔なオッカム[*5]の文章は、それに劣らず断定的な《あるとは知覚されることである《エッセ・エスト・ペルピキ》》という言葉を導き出すか、予測させる。

人間は生まれつきアリストテレス的人間かプラトン的人間のいずれかである、と言ったのはコールリッジである。イギリス人はその気質から考えて、アリストテレス的人間に生まれついていると言っていい。この気質の人にとって、現実的なものとは抽象概念ではなく、個別概念である。小夜啼き鳥と言えば種全体ではなく、具体的な小鳥を指す。イギリスにおいて『小夜啼き鳥に寄せるオード』が正しく理解されないのは当然のことであり、おそらく避けがたいことなのだろう。

以上の文章の中に批判や軽蔑を読み取られては困るのだが、イギリス人が総称的なものを受け付けないのは、個別的なものを還元も同化もできない、唯一無二のものと考えているからにほかならない。また、イギリス人がドイツ人のように抽象論を振り回さないのは、思索力を欠くからではなく、倫理的に細心だからである。イギリス人は『小夜啼き鳥に寄せるオード』を理解できないが、この貴重な無理解こそ彼らをしてロック、バークリ、ヒュームたらしめ、七十年ほど前に《国家に対立する個人》というあまり注目されない予言的な警句を吐かせたのである。

世界中のどの言語を見ても、小夜啼き鳥は美しい響きの名前（ナイチンゲール、ナヒトガール、ウジニョーロ）で呼ばれている。人々は本能的に、聞くものをうっとりさせる声にふさわしい名前をつけようと考えたのだろう。詩人たちが褒めすぎたので、小鳥は今では非現実的なものになってしまった。ヒバリよりもむしろ天使に近い存在になったのだ。サクソン族の謎を秘めたエクセター写本*6――「たそがれの老いぼれた歌い手のわたしは、町々のお偉方に楽しみを運んできた」――から、スウィンバーン*7の悲劇的な『アタランタ』に至るまで、数知れぬ小夜啼き鳥がイギリス文学の中でさえずり続けてきた。チョーサーとシェイクスピアはこの小鳥を称えている。ミルトンとマシュー・アーノルドも同様である。しかし、ブレイク*8と虎のイメージがそうであるように、ジョン・キーツにはやはり小夜啼き鳥がよく似合う。

☆1――彼らに天才詩人ウィリアム・バトラー・イェイツ*9を付け加えなければならないだろう。彼は「ビザンチンへの航海」の第一連で、小鳥たちの《滅び行く世代》について語っているが、これは意識的か無意識的か分からないが、『オード』を暗示するものである。T・R・ヘンの『孤塔』（一九五〇）、二一一ページ参照。

＊1――一八四五―一九二七。イギリスの文学・美術評論家。
＊2――ロバート、一八四四―一九三〇。イギリスの詩人。
＊3――一八九五―一九七八。イギリスの学者、批評家。
＊4――一八七四―一九二五。アメリカの女流詩人。
＊5――ウィリアム・オブ、一三〇〇頃―四九頃。イギリスのスコラ哲学者。
＊6――十世紀にアングロ・サクソン人によって書かれた謎に満ちた詩の集成。
＊7――アルジャノン・チャールズ、一八三七―一九〇九。イギリスの詩人。
＊8――ウィリアム、一七五七―一八二七。イギリスの詩人。
＊9――一八六五―一九三九。アイルランドの詩人。

ある人から誰でもない人へ

最初神は、一部の人が偉大なるものと呼び、別の人たちが充溢と名づけた複数の神々（エロヒム Elohim）であった。その神のうちに過去の多神教の名残、あるいは神は一にして三であるというニケアで宣言された教義の予告となるものが秘められていたとこれまで考えられてきた。エロヒムが支配する動詞は単数形である。『モーセ五書』の冒頭の詩行を文字通りに引き写すと次のようになっている。「神々は天と地を創造された。」ここの主語がなぜ複数形になっているのかはあいまいなままだが、エロヒムは具体的である。神はエホバと呼ばれ、そこには日の涼しい風の吹く頃（英訳では in the cool of the day となっている）園を歩いていたと書かれている。神には人間的な特徴が備わっている。聖書のある箇所に次のような一文が見える。「**主は地の上に人を造ったのを悔いて、心を痛め**」とあり、別の箇所には

「あなたの神《かみ》であるわたしエホバは、ねたみ深《ふか》い神《かみ》である」、さらに別のところでは「**わたしは怒《いか》りの炎《ほのお》の中《なか》で言《い》った**」と書かれている。こうした言い回しの主語は言うまでもなく**ある人**、何世紀にもわたる時間の中で巨大化し、輪郭がぼやけていった生身の存在としての**ある人**である。その称号は、**ヤコブの砦《とりで》、イスラエルの礎《いしずえ》、わたしはありてあるものである、万軍《ばんぐん》の主《あるじ》、王《おう》の王《おう》**と変化している。この最後の名称を裏返しにしたものがおそらくは大グレゴリウス[1]が神の僕の僕と言ったものであり、これが原典では王の最高の称号になっている。「いい意味でも悪い意味でも何かを強調したいときに」――とフライ・ルイス・デ・レオン[2]は書いている――、「こんなふうに単語を重ねるというのがヘブライ語の特性である。したがって、『歌の歌』(『雅歌』)というのはカスティーリャ語[3]でわれわれがよく使う**歌の中の歌**、**男の中の男**というのと同じである。つまり、すべての中で際立って顕著であり、ほかの多くのものよりもすぐれているという意味になる。」キリスト紀元の最初の何世紀かにおいて、神学者たちは omni（訳注：ラテン語で「すべての」という意味の形容詞）という語を用いているが、これはもともと自然、あるいはユピテルにのみ用いられていた形容詞であった。その後 omnipotente（全能の）、omnipresente（遍在する）、omniscio（全知の）といった言葉が広まり、そのせいで神は想像もつかないような最上級表現で彩られた畏怖すべき混沌になってしまった。ほかの名称と同じようにその名称も神聖なものを限定しているように思われる。五世紀末に『ディオニュシオス文書』[*4]の知られざる著者は、いかなる肯定的な述語も神にはふさわしくないと宣言する。**神**に関しては肯定すべきものは何も存在せず、すべては否定されるべきであるという。ショーペンハウアーはそっけなく「あの神学は唯一真正なものだが、内容がない」と書いている。ひとりの読者がギリシア語で書かれた論文と書簡から成る『ディオニュシオス文書』を発見し、それをラテン語に訳すのだが、その読者というのがヨハンネス・エリウゲナ、あるいはスコトゥス、つまりアイルランド人ヨハンである。歴史上の名前はスコトゥス・エリウゲナ、すなわちアイルランド人《エル・イルランデス》・アイルランド人《エル・イルランデス》である。この人は汎神論的な教義を打ち立てた。すなわち、個々のものは神の顕現（聖なるものの啓示、もしくは出現）であり、その背後に神がおられるというものであった。唯一の実在である神はしかし、「自らは何ものであるかを知らない、なぜならそれは何かではないからである。自身にとっても、またすべての知性にとっても理解しがたいものなのである」。それは知恵ある《サピエンテ》ものではなく、知恵あるもの以上の存在である。それは善良なるものではなく、善良である以上の存在である。それはなぜかすべての属性を超越し、拒絶する。それを定義するのに、アイルランド人ヨハンネスはニヒルム（nihilum）という語を用いているが、これは無を意味する。神は無からの創造（creatio ex nihilo）の中の原初の無であり、その中から原型が、そして具体的な存在が生まれてきた底知れぬ深淵なのである。それは**無**であり、**誰でもない人**である。神をそのようにとらえた人は、それが**誰か**、あるいは**何ものか**以上の存在であるという思いを抱いた。同様にシャンカラ[*5]も、深い夢の中にいる人は宇宙であり、神であると教えている。

ここまで説明してきたことはむろん根も葉もないことではない。対象を無にまで大きくするというのはすべての信仰において見られる、もしくはよく見られるものである。シェイクスピアにその一例を見ることができる。同時代人のベン・ジョンソンは彼を愛していたが、（on this side Idolatry——**偶像崇拝はこちらに置いて**という言葉からも分かるように）偶像崇拝には陥らなかった。ドライデン[*6]はシェイクスピアをイギリスの劇詩人の中のホメロスであると褒め称えているが、一方で内容空疎で誇大な表現をつねに用いていると述べている。論証好きな十八世紀はシェイクスピアの長所を評価しつつ、一方で欠点についても厳しく批判している。一七七四年、モーリス・モーガンは、リア王とフォルスタッフの二人は、生みの親である作者の心性に変更を加えて生み出された人物にほかならないと断じている。十九世紀はじめにそうした見方がコールリッジによってふたたび取り上げられることになった。彼にとってシェイクスピアはもはや人間ではなく、スピノザの言う無限の神の文学的ヴァリエーションにほかならない。「シェイクスピア個人は――とコールリッジは書いている――、創造された自然《ナトゥラ・ナトゥラタ》、ひとつの結果でしかない。しかし、個別的なもののうちに潜在的に存在している普遍的なものが、さまざまな事例を観察した結果引き出された抽象的なものでなく、無限に変容する可能性を秘めた実体として彼の前に姿を現した。彼個人の存在はしかし、無限の変容のひとつでしかない。」ハズリット[*7]はその考えを支持、もしくは確認している。「シェイクスピアはすべての人に似ているが、彼自身が誰かに似ているのではない。彼自身は何ものでもない。しかし、彼はほかのすべての人間であり、ありうるすべての人間であった。」後にユゴーはシェイクスピアを、すべての形象を生み出す苗床である大洋になぞらえている。[☆1]

あるものであるということは、必然的にほかのすべてではないということである。その真実を直観で漠然と感じ取った人間は、何ものでもないということは何かである以上のものであり、ある意味ですべてであると実感するようになる。この誤った考えはインドのあの伝説の国王の言葉のうちに秘められている。「今から後わたしは王国を所有しない、あるいはわたしの王国は無限である。今から後わたしの肉体はわたしのものではない、あるいは大地はすべてわたしのものである。」ショーペンハウアーは、歴史は何世代にもわたる人間が作り出した人を困惑させる無限の夢であると書いた。夢の中には反復される形相がある。おそらくあるのは形相だけだろう。そのひとつがこのページに書かれている過程なのである。

ブエノスアイレス、一九五〇年

☆1――仏教では同じ絵柄が繰り返される。最初のテキストで、仏陀がイチジクの木の下で宇宙のすべての原因と結果の連鎖を、個々の存在の過去と未来の化身を直観的に感じ取ると書かれている。何世紀も後に書かれた最後のテキストでは、現実的なものは何一つ存在しない。すべての知識は虚構である。もしガンガー川にある砂の数と同じだけのガンガー川があり、さらにそれらのガンガー川の砂の数と同じ数だけのガンガー川があるとしても、仏陀の知らない事物の数はそれより少ないと書かれている。

＊1――五四〇頃―六〇四。ローマ教皇グレゴリウス一世。
＊2――一五二七―九一。スペインの聖職者、詩人。
＊3――スペインのカスティーリャ地方で使われていた正統的なスペイン語のこと。

＊4――ディオニュシオス・アレオパギテスの著作と伝えられる五世紀末の文書。
＊5――七〇〇頃―五〇頃。インドのヴェーダーンタ学派の哲学者。
＊6――ジョン、一六三一―一七〇〇。イギリスの詩人、劇作家。
＊7――ウィリアム、一七七八―一八三〇。イギリスの評論家。

アレゴリーから小説へ

われわれにとって、アレゴリーは美学的な誤謬である。（最初わたしは「アレゴリーは美学が犯した誤謬以外の何ものでもない」と書くつもりでいたが、しばらくしてその文章自体にアレゴリーが含まれていることに気がついた。）アレゴリカルなジャンルはショーペンハウアー（『意志と表象としての世界』I、五〇）、ド・クインシー（『著作集』XI、一九八）、フランチェスコ・デ・サンクティス[*1]（『イタリア文学史』VII）、クローチェ（『美学』、三九）、チェスタートン（『G・F・ワッツ』、八三）によって分析されてきた。このエッセイでは最後の二人に焦点を当てて論じていくことにする。クローチェはアレゴリカルな芸術を否定し、チェスタートンは擁護している。わたしはクローチェの言うとおりだと思うが、われわれにとって受け入れがたい形式がかつてなぜあれほどまでに愛されたのかを明らかにしたいと考えている。

　クローチェの言葉は明晰なので、そのままスペイン語に置き換えるだけでいいだろう。「象徴がもし芸術的直観と分かちがたく結ばれているのであれば、それは観念的な性格を備えている直観と同義語ということになる。象徴と直観は切り離すことができるというのであれば、つまり一方に象徴があり、もう一方に象徴されたものがあるというのであれば、人はふたたび主知主義の誤謬に陥るだろう。象徴と思われているものは抽象概念が表に現れたものである。それはひとつのアレゴリーである、それは科学である、もしくは科学を模倣した芸術である。しかし、アレゴリカルなものに対してもまたわれわれは公平でなければならないし、その中のいくつかは無害なものであるとはっきり言っておかなければならない。『エルサレム解放』[*2]からはどのようなモラルも引き出すことができるし、好色な詩人マリーノ[*3]の『アドニス』からは、過度の快楽は最後に苦しみをもたらすという教訓を導き出すことができる。一体の彫像を前にして、彫刻家は**慈悲**、あるいは**善良**と書いた紙を貼りつけてもかまわない。完成した作品にそうしたアレゴリーを付け加えたところで、作品そのものが損なわれるわけではない。すでにある表現に、外から別の表現を付け加えただけのことなのだ。『エルサレム解放』に詩人の別の考えを表す散文を一ページ付け加えてもいいし、『アドニス』に詩人が伝えようとした内容を表す一行、あるいは一連の詩を加えてもいい。また、彫像に「慈悲」、あるいは「善良」という言葉を加えてもかまわないのだ。」『詩』(バリ、一九四六)の二二二ページでクローチェはもっと厳しい言い方をしている。「アレゴリーは精神的なものを表現するひとつのやり方ではなく、一種の書き方、あるいは暗号なのである。」

クローチェは内容と形式の違いを認めない。つまり、形式は内容であり、内容は形式なのである。アレゴリーはひとつの形式の中に二つの内容を織り込もうとするが、そこが彼には怪物じみて見えるのである。直接的、あるいは文字通りの内容(ダンテはウェルギリウスに導かれてベアトリスのもとにたどり着く)と、比喩的な内容(人間は理性の導きで信仰にたどり着く)である。そのような書き方は難解な謎をもたらすと彼は考える。

チェスタートンはアレゴリカルなものを擁護するために、まず言語によって現実を余すことなく表現できるという考え方を否定する。「秋の森にはさまざまな色があるが、それ以上にわれわれを戸惑わせる無数の名もない色合いが魂の中にあることを人は知っている……。にもかかわらず、さまざまな形で溶け合い、変化したそうした色合いがキーキー、ブウブウという耳ざわりな音声の恣意的なメカニズムによって正確に表現できると思い込んでいる。株式仲買人の内面から、彼の秘められたすべての記憶と彼の苦悩に満ちたすべての欲望を表す音が聞こえてくると信じているのである。」言語だけでは十分に表現できないというのであれば、当然別の表現の余地が残される。アレゴリーは建築、あるいは音楽と同じようにそうしたもののひとつなのである。アレゴリーはたしかに言語によって作られているが、それは言語の中の一言語、その他もろもろの記号のひとつではない。たとえばベアトリスは信仰という語の記号ではない。彼女はその語が示す勇気ある美徳と秘められた光明の記号なのである。単音節の信仰 fe よりももっと的確で、もっと豊かでもっと幸せな記号である。

　二人の対立する著名な論者のどちらが正しいかわたしには分からない。ただ、アレゴリカルな芸術はかつては人々を魅了した（二万四千行から成る迷路のような『薔薇物語』[*4]は今も二百に上る手稿の中に生き続けている）が、今では読むに耐えないものになっている。現代のわれわれは、読むに耐えないだけでなく、軽薄でばかばかしい作品だと感じている。『新生』の中で自らの情熱の物語を象徴的な形で語ったダンテにしても、パヴィアの塔に閉じ込められ、死刑執行人の剣の下で『慰めについて』を書いていたローマ人のボエティウスにしても、われわれと同じ思いは抱いていなかったはずである。こうした感じ方の違いを説明するには、嗜好は変化するという原則を持ち出すよりほかはない。

　すべての人間は生まれつきアリストテレス的人間かプラトン的人間かのどちらかであると

コールリッジは述べている。後者が理念は現実であると直観的に感じているとすれば、前者は一般化であると感じている。アリストテレス的人間にとって言語は恣意的な象徴の体系にほかならず、一方プラトン的人間にとってそれは世界の地図である。プラトン的人間は宇宙というのはある意味で調和的な宇宙、秩序であることを知っているが、アリストテレス的人間から見れば、その秩序はわれわれの部分的な知識が生み出した誤謬、あるいはフィクションかもしれないのである。さまざまな地域と時代を通じて、対立する二種類の不死の人たちは言葉と名前を変えて生き続けてきた。一方にパルメニデス、プラトン、スピノザ、カント、フランシス・ブラッドリがいて、もう一方にヘラクレイトス、アリストテレス、ロック、ヒューム、ウィリアム・ジェイムズがいる。中世の難解な学派の人たちは誰もが人間理性の師であるアリストテレスに助けを求めた。しかし、唯名論者たちが助けを求めるべきなのはアリストテレスであり（ダンテ『饗宴』Ⅳ—二）、実在論者たちはプラトンに助けを求めなければならない。ジョージ・ヘンリー・ルイス[*5]は、中世の哲学論争の中で多少とも価値のあるものと言えば、唯名論と実在論のそれだけであると述べている。何とも大胆な見解だが、長く続いたあの論争のもつ重要性をきちんと強調している。それはもともとボエティウスが訳して注解を加えたポルピュリオス[*6]の言葉に端を発した九世紀はじめの論争で、それを十一世紀にアンセルムス[*7]とロスケリヌス[*8]が受け継ぎ、十四世紀にウィリアム・オヴ・オッカムがよみがえらせたものである。

そこから推測されるように、長い年月の間に中間的な立場や微妙な差異が増幅されていった。しかし、ここではっきり言っておかなければならないのは、実在論にとって第一義的なものとは普遍的なもの（プラトンならイデア、形相と言うだろうし、われわれなら抽象的概念と呼ぶだろう）であるのに対して、唯名論にとってそれは個別的なものなのである。哲学史は放心と言葉遊びの虚しい博物館ではない。おそらくあの二つの説は現実を直観で把握する二つのやり方に対応しているのだ。モーリス・ド・ウルフ[*9]はこう書いている。「超実在論は初期の信奉者を集めた。年代記作家ヘリマン（十一世紀）は弁証法《ディアレクティケ》を教えている人たちを古風な博士《アンティクイ・ドクトレス》と名づけている。アベラルドゥス[*10]はその弁証法を古風な教義《アンティグア・ドクトリナ》と呼んでいたし、十二世紀末まで反対論者たちは新奇な《モデルニ》人たちと呼ばれていた。」超実在論というのは今では考えられない説だが、九世紀においては自明のことであり、それが十四世紀頃まで生き続けた。唯名論はかつて少数の人間が唱える新奇な説だったが、今日ではすべての人がその考え方に立っている。唯名論の勝利は広範囲にわたる完璧なものなので、その名称は今や無意味なものになっている。誰もが唯名論者になっているので、わざわざ自分は唯名論者だと名乗る必要はないのだ。しかし、中世人にとって実体的なものというのは個々の人間ではなく、人類であった、種ではなく類であり、類ではなく神であったということを理解しておかなければならない。こうした概念（それがもっとも顕著に現れているのがおそらくエリウゲナの四層の体系[*11]だろう）からアレゴリー文学が生まれたのではないかとわたしは考えている。これは抽象観念の寓話であり、小説が個人の寓話であるというのと同じことである。抽象観念は人格化される。それゆえ、どのアレゴリーも小説的なところがある。小説家が描き出す人物は一般的になろうとする（デュパン[*12]は理性であり、ドン・セグンド・ソンブラ[*13]は**ガウチョ**なのだ）。小説にはアレゴリカルな要素がある。

　アレゴリーから小説へ、種から個物へ、実在論から唯名論への移行には何世紀もかかった。しかし、あえて理想的な日付をここで挙げさせてもらえば、それは一三八二年のあの日である。その日、自分ではおそらく唯名論者だと思っていなかったジェフリー・チョーサー[*14]はボッカチオ[*15]の E con gli occulti ferri I Tradimenti（そして裏切りは短刀を隠し持って）という詩行を英語に訳そうとして、以下のように訳した。The smyler with the knyf under the cloke（外套のかげに短刀を隠し持ってうす気味悪く笑う者）（桝井迪夫訳）。原文は『イル・テセイダ』の第七巻にあり、その英語訳は「騎士の物語」に収められている。

ブエノスアイレス、一九四九年

＊1――一八一七―八三。イタリアの文学史家。
＊2――イタリアの詩人タッソ（一五四四―九五）の、第一回十字軍のキリスト教徒と異教徒の戦いを描いた叙事詩。
＊3――ジャンバティスタ、一五六九―一六二五。イタリアの詩人。
＊4――十三世紀フランスで書かれた愛をテーマにした物語。
＊5――一八一七―七八。イギリスの哲学者、文芸批評家。
＊6――二三二頃―三〇五頃。ギリシアの哲学者。
＊7――一〇三三―一一〇九。カンタベリーの大司教、教会博士、聖人。
＊8――一〇五〇頃―一一二四頃。フランスのスコラ哲学者。
＊9――一八六七―一九四七。ベルギーの哲学史家。
＊10――ピエール、一〇七九―一一四二。フランス語ではアベラール。フランスの哲学者、神学者。
＊11――「四層」とは、「創造し創造されない自然（始原としての神）」、「創造され創造する自然

（範型因としてのイデア）」、「創造され創造しない自然（神の自己顕示としてのこの世界）」、「創造せず創造されない自然（目的としての神）」。万物は神から発生し、神へ帰還するという説。

＊12——ポーの『モルグ街の殺人事件』などに登場する名探偵。

＊13——アルゼンチンのパンパに生きるガウチョ（牛飼い）を主人公にした、リカルド・グィラルデス（一八八六—一九二七）の小説『ドン・セグンド・ソンブラ』（一九二六年）に登場する人物。

＊14——一三四〇頃—一四〇〇。中世イギリス最大の詩人。

＊15——ジョヴァンニ、一三一三—七五。イタリアの作家。

バーナード・ショーに関する（に向けての）ノート

十三世紀末、ライムンドゥス・ルルス（ラモン・ルル）は区分けした箇所にラテン語の単語を書き込んだ同心円のふぞろいな回転盤の組み合わせを用いて、あらゆる神秘を解明しようとした。十九世紀のはじめ、ジョン・スチュアート・ミル[*1]はいつか音符の組み合わせの数が尽きて、将来ウェーバーやモーツァルトのような作曲家の生まれてくる余地がなくなるのではないかと懸念した。十九世紀の末、クルト・ラズヴィッツ[*2]は、表記のための二十数個の象徴的な符号のすべての組み合わせを、すなわちあらゆる言語で表現可能なものの一切を記録した万有図書館という途方もないものを空想した。ルルスの機械やミルの懸念、ラズヴィッツの混沌とした図書館はいずれも嘲笑の的になりかねない。しかしそれらは形而上学や芸術を一種の組み合わせの遊戯と見なす一般的な傾向が、極端な形で現れたものにすぎない。

この遊戯にふける者は一冊の書物が一個の、もしくは一連の言語構築物以上のものであることを忘れている。書物とは読者との間で交わされる対話であり、読者がその声音に付与する抑揚であり、読者の記憶に刻みつけられる変わりやすくしかも永続的なイメージにほかならない。しかも、この対話は無限である。Amica silencia lunae という表現は、現在では明るく穏やかで愛すべき月を意味するが、『アエネーイス』においては、月の見えない期間、トロイアの城市にギリシア人を入城させた暗闇を指していた……。[☆1] 一冊の書物はけっして単なる一冊の書物ではないという単純かつ十分な理由から文学は無限である。書物は孤立したものではない。それはひとつの関係、無数の関係の軸である。ある時代の文学は前後する別の時代の文学と異なっているが、それはテキストそのものではなく、読まれ方による。現代文学の任意の一ページ、たとえばこのページでもよいが、それを西暦二千年の人間が読むのと同じように読むことが許されれば、西暦二千年の文学がどのようなものかを言い当てることができるだろう。形式の遊戯としての文学の概念は、うまくいけば見事な美文なり詩連を、手の込んだ端正な文章を生むだろう（ジョンソン、ルナン、[*3] フロベール）。また悪くすると、虚栄心や偶然のもたらす思いがけない効果を狙った出来そこないの作品を生む（グラシアン、[*4] エレーラ・レイシッグ[*5]）。

文学が言葉の代数学でしかないのなら、人はさまざまに言葉の組み合わせを変えて好き勝手に本を作り出せばいい。「万物は流転する」という碑文に出てきそうなこの一文にはヘラクレイトスの哲学が要約されているが、ライムンドゥス・ルルスなら次のように言うだろう。最初の一語が与えられれば、後はいろいろな自動詞を当てはめていけば、二番目の言葉が見つかるだろう。そうすればヘラクレイトスのあの哲学だけでなく、そのほか多くの哲学も偶然の働きによって見つけ出すことができるだろう、と。それに対しては次のように答えることができる。すなわち、排除によって得られた決まり文句には価値もなければ、意味もない。その決まり文句が何らかの意味を備えたものになるには、われわれがヘラクレイトスになりきるか、もしくはヘラクレイトスの経験を通してその決まり文句を考えなくてはならない。ここに言う《ヘラクレイトス》というのは彼と同じ経験をもった人のことを指す。すでに述べたように、書物とは対話であり、関係の一形式である。対話における話者というのは、その人の語ったことの総計でもなければ、平均でもない。黙っていてもその人の聡明さが分かる場合もあれば、もっともらしい意見を述べているのに、その人の愚かしさが透けて見えることもある。文学においても事情は変わらない。ダルタニアンは数限りない武勲をたて、ドン・キホーテは打ちのめされ嘲笑されている。にもかかわらず、ドン・キホーテのほうが勇敢に思えるのである。以上のことから、これまで提起されたことのない芸術上の問題が導き出される。すなわち、作者は自分よりもすぐれた人物を創造することができるのか、というのがそれである。わたしならその問いに対して、いや、知的にも道徳的にもありえない、と答えるだろう。人は人生のある一瞬において、その人としてはこの上もなく立派な人間になることがある。しかし、作者はその一瞬の自分以上に聡明な、もしくは気高い人物を生み出すことはできない、とわたしは考えている。ショーを傑出した作家と考える理由はまさにそこにある。労働組合や市民生活の抱える問題を扱った初期の作品は、いずれ人々の関心を引かなくなるだろう。あるいはもうすでにそうなっているかもしれない。《楽しい戯曲《プレザント・プレイ》》に出てくる軽口は、シェイクスピアのそれと同じでやがてはぎこちないものになるだろう。ユーモアというのは書き言葉、つまり書かれたものではなく、会話の中できらりと光る魅力なのだ。彼の作品の序文や雄弁な一節で述べられている思想なら、ショーペンハウアーやサミュエル・バトラーの中にも見出すことができるはずである。☆2 しかし、ラヴィニア、ブランコ・ポズネット、クリーガン、ショットオーヴァー、リチャード・ダッジョン、とりわけジュリアス・シーザーは、現代芸術の想像力が生み出したいかなる人物よりもまさっている。以上の人物を、テスト氏、あるいはニーチェが生み出した道化じみた人物ツァラトゥストラと比較してみると、驚くべきことにショーのほうがはるかにすぐれた作家であることが分かる。一九一一年、アルベルト・ゼルゲル[*6]は当時の決まり文句を繰り返して、次のように書いている。「バーナード・ショーは英雄の概念を破壊し、英雄たちを殺害した」（『現代の文学と文学者』、二一四ページ）。ゼルゲルには、英雄的なものが必ずしもロマンティックなものと結びつかないこと、また英雄的なものは『武器と人間』のセルジオ・サラノフにではなく、ブランチュリ大尉において具現されていることが分かっていない。

フランク・ハリス[*7]の書いたバーナード・ショーの伝記には、驚嘆すべき書簡が収められているが、そこに次のような一節がある。「わたしはすべてを、そしてすべての人間を理解しているが、わたし自身は何ものでもなければ、誰でもない。」世界を創造する以前の神の無、あるいは同じアイルランド人のヨハン・スコトゥス・エリウゲナが《虚無《ニヒル》》と名づけた神性と比較することのできるこの虚無から、バーナード・ショーは数え切れないほど多くの人物を、登場人物《ドラマテイス・ペルソナエ》を生み出してきた。もっとも生命が短いのはおそらく、聴衆の前に姿を現すときの彼自身であり、新聞のコラムに多くの安直な警句を書き散らしたあのG・B・Sであろう。

ショーの基本的なテーマは哲学と倫理学である。彼がこのアルゼンチンで高く評価されない、あるいは評価されているのはわずかばかりのエピグラムだけであるというのも無理からぬこと、仕方のないことである。つまり、アルゼンチン人は宇宙とは偶然の表出にほかならない、もしくはデモクリトスの言う原子[*8]の偶然の結合にすぎないと考えている。したがって、アルゼンチン人は哲学にも倫理学にも興味を示さない。アルゼンチン人にとって社会的なものとは、個人、階級、あるいは国家間の闘争に要約され、そこでは嘲笑されたり、敗北しないかぎりどのようなことでも許されるのである。

現代小説の基本的なテーマは人間の性格とその変化であり、一方抒情詩は恋の喜びと悲しみを楽しげにうたう。ハイデッガーとヤスパースの哲学はわれわれ一人ひとりを興味深い対話者に仕立て上げるが、その対話とは虚無、あるいは神との秘めやかで途切れることのない対話である。

これらの決まりは形式的には立派なものだが、結局あの自我にまつわる幻想を煽り立てるにすぎない。ヴェーダンタ哲学[*9]がもっとも大きな過誤として批判したのがこれである。彼らはつねに絶望と苦悩をもてあそんでいるが、要するに人間の虚栄心におもねっているのである。その意味で彼らは不道徳な人間である。それにひきかえショーの作品は一種の解放感を味わわせてくれる。言い換えれば、ストア学派の教義や北欧のサガと同じ味わいがするのだ。

ブエノスアイレス、一九五一年

☆1——ミルトンとダンテはこのくだりをそう理解していた。これを模倣したと思われる章句から
それは明らかである。『神曲』の「地獄篇」に、暗い場所を意味する「一切の光が黙し
た」（一歌、六〇行）、「日の黙すところ」（五歌、二八行）という表現がある。『闘士サム
ソン』にも次のような一節がある（八六—八九行）。

わたしには太陽は暗く
黙している。夜を逃れて
虚ろな無月の洞窟に
隠れた月のように
F・M・W・ティルヤードの『ミルトニング・セッティング』、一〇一ページを参照。
☆2——これはスウェーデンボリにも見ることができる。地獄とは刑罰のための施設ではない。そ
れは心正しい人たちが天国を選ぶように、死んだ罪人たちが自分に近しいものとして選び
取るひとつの状態である。これは『人と超人』に述べられている考えだが、スウェーデン

ボリの論文『天国と地獄』(一七五八)においても、これと同じ教義が表明されている。

＊1――一八〇六―七三。イギリスの哲学者、経済学者。
＊2――一八四八―一九一〇。ドイツの哲学者。
＊3――エルネスト、一八二三―九二。フランスの宗教史家、思想家。
＊4――バルタサル、一六〇一―五八。スペインの作家、モラリスト。
＊5――一八七五―一九一〇。ウルグアイの詩人。
＊6――一八八四―一九五八。ドイツの文学史家。
＊7――一八五六―一九三一。アメリカのジャーナリスト、作家。
＊8――前四六〇頃―前三七〇頃。ギリシアの哲学者。
＊9――インドの汎神論的観念論的一元論。

歴史を通してこだまする名前

ひとりの神、ひとつの夢、気が触れ自分でもそのことに気づいているひとりの男、時間と空間の中で孤立しているこの三者は、難解なある託宣を繰り返している。この託宣とその二つの反響を取り上げて、考察するのがこのエッセイの目的である。

よく知られた最初の教えは、『出エジプト記』と呼ばれるモーセの第二の書の第三章に記されている。そこにはこの書の著者であり、主人公でもある羊飼いのモーセが名を尋ねると、神はこう答えられたとある。「わたしはありてあるものである。」神秘的なこの言葉を検討する前に、次のことを思い返してみるのもむだではないだろう。すなわち魔術的、もしくは原始的な思考にとって、名前は気まぐれな象徴ではなく、それによって限定されるもののもっとも肝要な部分である。[☆1] オーストラリアの原住民は、近隣の部族の者たちに知られてはならない秘密の名前を授けられている。古代エジプト人の間にも似たような風習があった。人々はめいめい二つの名前を授けられている。ひとつは誰もが知っている小さな名前であり、もうひとつは隠された真の名前、もしくは大いなる名前である。葬礼に関する文献によれば、肉体の死後、魂は数々の危険に遭遇するが、中でも自分の名前を忘れること、自分自身を失うことが最大の危険と考えられていた。また、神々や悪魔、世界に通じる門の真の名前を知ることも重要なことである。[☆2]ジャック・ヴァンディエ[*1]は次のように書いている。「神もしくは神聖な被造物を支配するには、その名を知るだけでよい」(『エジプトの宗教』、一九四九年)。ド・クインシーも同じような話を伝えている。ローマの真の名は秘密であった。ローマ共和国最期の時代に、クイントゥス・ヴァレリウス・ソラヌスは禁を犯してその名を暴いたが、そのために彼は死刑に処せられた……。

　野蛮人は自分の名前を人に教えない。なぜなら、名前を知った者がそれに魔法をかけて、自分の命を奪ったり、気を狂わせたり、奴隷にしてしまうかもしれないからである。中傷や侮辱の観念の中にはまだこの迷信、もしくは残像が生きている。われわれはある種の単語を自分の名前の音声と結びつけて口にされることを極度に嫌う。マウトナーはこの心的な習慣を分析した上で、厳しく批判している。

モーセは神にその名を尋ねたが、すでに見たように彼は言葉の問題として興味を抱いたのではない。彼は神が誰なのかを、より正確には神とは何ものなのかを知ろうとした。九世紀のエリウゲナなら次のように書くだろう。神は何ものでもなければ、誰でもない。したがって自らが誰であり、何ものかを知ってはいない、と。

モーセの聞いたあの恐ろしい返答から、これまでどのような解釈が引き出されてきただろう。キリスト教神学によれば、「わたしはありてあるものである」という言葉は、真に存在するのは神のみであるということ、もしくはマーギッド・フォン・メスリッチュ[*2]が指摘したように《わたし》というのは神のみが口にしうる語であることを物語っている。スピノザは、延長と思考はそれが神であるところの永遠の実体の単なる属性でしかないという説を唱えたが、この説はあの考えをより拡大したものだろう。「神はたしかに存在している。存在していないのはわれわれである。」同じような考えを述べたこの文章は、あるメキシコ人の書いたものである。

この最初の解釈によれば、「わたしはありてあるものである」という言葉は実在論的確言ということになる。他の人たちは、これは質問をうまく回避した返答であると考えた。神は自らが何ものであるかを明らかにしなかったが、これは神が相手の人間の理解を超えた存在であるためである。マルティン・ブーバー[*3]は ehych asher ehych という言葉は、「わたしはあるであろうものである」、もしくは「わたしはいるであろうところにいるであろう」とも訳すことができると指摘している。モーセはエジプトの呪術師にならって、神を自分の手中に収めようとしてその名を尋ねたにちがいない。それに対して神は次のように答えられたはずである。「今日わたしはおまえと話している。しかし明日になれば、どのような形をとることもできるのだ。圧迫、不正、不幸という形をとることも。」これは『ゴグとマゴグ』に出ている。[☆3]

警句を思わせる神のこの名は人間の言葉によってさまざまに拡大されてきた―― Ich bin der ichi bin, Ego sum qui sum, I am that I am。しかし、これらはいくつもの語から成っているにもかかわらず、一語から成る名前よりもより堅固で不可解である。そしてこの名前は、一六〇二年にシェイクスピアがある喜劇を書くまで何世紀もの間大きく成長し、さまざまな反響を呼び起こした。シェイクスピアの喜劇においてわれわれは、見栄っ張りで臆病な一兵士、**ほら吹き男**をつかの間垣間見ることになる。この人物は策略を用いて隊長にまでのし上がるが、正体を暴かれ、公衆の面前で官位を剥奪される。そして、そのときシェイクスピアが顔をのぞかせ、この人物の口を借りて次のように語る。以下の言葉は神が山上で言われたあの言葉を、地に落ちた鏡が映し出したものである。「もう隊長はやめだ。が、食ったり、飲んだり、眠ったりは、隊長なみにつつがなくできるだろう。ありのままの自分でいれば、生きてゆくことはできるだろう」（工藤昭雄訳）。ペーローレスがこう語ったとき、すでに彼は喜劇的な道化芝居に登場する紋切り型の人物ではなく、ひとりの人間であると同時にすべての人間となっている。

最後の解釈は一七四〇年代になされたが、この頃スウィフトはいつ終わるとも知れない末期の苦しみを味わっていた。数年に及ぶこの年月は、彼にしてみれば無限に続く地獄の耐えがたい一瞬、そのひとつの現れと思えたことだろう。スウィフトは氷のような知性と氷のような憎悪を抱いて生きてきた。しかし、彼はつねにフロベールのように、人間の愚かしさに魅せられていた。おそらく、最後に自分を待ち受けているのが狂気だと悟っていたからにちがいない。彼は『ガリヴァー旅行記』の第三部で、憎しみを込めて、死ぬこともできず老いさらばえていくだけの人間の姿を詳細に描き出している。これら不死の一族は満ち足りるということを知らず、ただ生き延びることしか望んでいない。また、歳月が彼らの言葉を変えてしまったために、同族の仲間たちと話をすることさえできない。しかも記憶力が一行目から次の行までももたないために、ものを読むことすらできない。スウィフトがこのような人間たちを空想したのは、やがて自分もそうなるのではないかと恐れたか、あるいはその不吉な恐怖を払いのけようとしたためにちがいない。一七一七年、彼は『夜想詩』の著者ヤング[*4]に向かってこう語った。「わたしはあの木のようなものだ。てっぺんのほうから死んでいくのだ。」その生涯よりもむしろいくつかの恐ろしい章句によってスウィフトは、われわれの中に生きている。スウィフトの陰気で警句を好む性格は、時として彼について書かれたものにまでその影を落としている。まるで彼を評する人たちが、その点でスウィフトと競い合っているようなものだ。「彼のことを考えるのは、一大帝国の崩壊を思い浮かべるのに等しい。」こう書いたのはサッカレーである。しかし、神の神秘的な言葉を借りた彼の文章ほど痛ましいものはない。

耳が聞こえなくなり、めまいに襲われたスウィフトは、気が狂い、いずれは痴呆になるのではないかと恐れ、そのせいでいっそう陰鬱になった。彼は記憶を失いはじめた。眼鏡をかけようとしないために、ものを読むことも書くこともできなくなった。毎日のように自分に死を授けてくださるようにと神に祈った。年老い、気が触れ、死を間近にひかえた彼は、「わたしはありてあるものである。わたしはありてあるものである」と繰り返しつぶやいていたと伝えられる。そのとき彼が、達観していたのか、絶望していたのか、それとも自分の本質は傷つくことはないと信じていたのかは定かでない。

「わたしは不幸そのものになるだろう。しかし、今わたしはこうしてある。」スウィフトはそう感じていたにちがいない。また、「わたしは宇宙の一部である。他の部分と同様なくてはならない必要な部分である」とも、「わたしは神がかくあるべしと望まれたとおりのものである。わたしは宇宙の法則が作り上げたとおりのものである」とも、そしておそらくは「あるとはすべてであることである」と感じたことだろう。

神の言葉を巡る歴史はここで終わる。後はエピローグに代えて、ショーペンハウアーが生前にエドゥアルト・グリーゼバハ[*5]に語った言葉を引いておこう。「自分は不幸な人間だとしばしば思ったことがあるが、それは考え違い、思い違いというものだろう。自分は本当は別な人間だと考えたことがあった。たとえば、いつまでたっても肩書きのない助手、名誉毀損で訴えられた人間、自分を軽蔑している女に惚れた男、家から一歩も外に出られない病人、そうした不幸な境遇にある人間だと考えたものだ。しかし、そうではなかった。こういうものはせいぜいのところ、自分がまとい、脱ぎ捨ててきた衣服の生地でしかない、それでは一体わたしは何ものなのだろう。わたしは『意志と表象としての世界』の著者なのだ。この先何世紀にもわたって思想家を悩ませるにちがいない存在の謎に対して、ひとつの解答を出した人間なのだ。それがわたしなのだ。残り少ない命だが、その短い年月の間、そのことに異論を唱えるものはいないだろう。」『意志と表象としての世界』の著者ショーペンハウアーは次のように悟っていた。すなわち思想家であるとは、病人、あるいはさげすまれた人間であるというのと同じく錯覚でしかない、自分は本質的に別のものなのだ、と。ここに言う別のものとは、意志であり、ペーローレスの不可解な本性であり、スウィフト自身のことなのである。

☆1――プラトンの対話編のひとつ『クロテュロス』は、言葉と物との必然的な結びつきを論じているが、両者の結びつきを否定しているように思われる。

☆2――グノーシス派の人々はこの奇妙な考えを継承、もしくは再発見した。そのために膨大な数に上る固有名詞が作り出されたが、イレナエウスによれば、バシレイデス[*6]はこれらの固有名詞をすべての天を開く鍵、同意重複の、あるいは回文的な語 Kaulakau に要約したとのことである。

☆3――『人間とは何か』（一九三八）の中で、ブーバーは次のように書いている。すなわち、生きるということは精神の奇妙な部屋の中に入ることである。部屋の床は将棋盤になっていて、われわれはその上でたえず入れ代わる——時にはびっくりするような相手も出てくる——敵を相手に、避けがたい未知の勝負を行うのである。

＊1——一九〇四—七三。フランスのエジプト学者。
＊2——一七一〇—七二。東欧ハシディズムの指導的ラビの一人。
＊3——一八七八—一九六五。ユダヤ人の哲学者。
＊4——エドワード、一六八三—一七六五。イギリスの詩人。
＊5——一八四五—一九〇六。ドイツの作家。
＊6——二世紀頃のアレクサンドレイアの神学者。

時間に関する新たな反駁

Vor mir war keine Zeit, nach mir wird keine seyn
Mit mir gebiert sie sich, mit mir geht sie auch ein.
（わたし以前に時間はなかったし、わたし以後も時間は存在しないだろう。
わたしとともにそれは生まれ、わたしとともにそれは死ぬだろう。）

ダニエル・フォン・ツェプコ[*1]『賢者の短詩六百』（一六五五）

序言

もしこの反駁が十八世紀半ばに出版されていたら、ヒュームの書誌に収録されていただろうし、ハクスリー[*2]とケンプ・スミス[*3]によって多少は言及されたかもしれない。しかし、ベルクソン[*4]以後の一九四七年に出版されたので、これは古びた体系の時代錯誤的な帰謬法、もしくはもっと悪いことに、形而上学にはまり込んだ一アルゼンチン人のつまらないお遊びでしかない。上の二つの推測は両方ともももっともらしく見えるし、おそらく真実なのだろう。わたしはおぼつかない弁証論にもとづいてあっと驚くような結論を導き出して、先の推論を手直しするつもりはない。わたしがこれから述べる理論はゼノンの矢、あるいは『ミリンダ王の問い』[*5]に登場するギリシアの王が乗っていた車と同じように古いものである。目新しいところがあるとすれば、バークリの古典的な方法をその目的のために用いている点である。彼と後継者であるデイヴィッド・ヒュームはわたしの理論を否定するか、あるいは排除するような文章をあちこちに書いている。しかし、自分ではその教義の必然的な結論を推測したと信じている。

　最初の論文Aは、一九四四年に書いたもので、雑誌《スール》[*6]の第一一五号に掲載された。二番目のものは一九四六年に書いたもので、最初の論文に再検討を加えたものである。意図的に二つの論文をひとつにまとめなかった。というのも、二つのよく似たテキストを読めば、扱いにくいテーマを理解する助けになってくれるかもしれないと考えたからである。

　タイトルについてひと言付け加えておこう。このタイトルが、論理学者が形容《コントラデイクテイオイン・》矛盾《アドイエクト》と名づけた怪物の一例であることを知らないわけではない。なぜなら、時間に関する反駁が新しい（あるいは古い）ものであるという言い方自体が、時間的性格を備えた述語をつけることにほかならず、そのことによって文章の主語である反駁という語が打ち壊そうとしている概念をよみがえらせるからである。しかし、この罪のない軽いジョークによって、言葉遊びの重要性をわたしが誇張しているのでないことを分かっていただけると思うので、そのままにしておく。それはそれとして、われわれの言語は時間にたっぷり浸され、それによって活性化されているので、このページのどこを開いても何らかの形で時間を求める、もしくは呼び寄せようとする文章が見つかるはずである。

この試論をわたしの祖先のフアン・クリソストモ・ラフィヌール（一七九七―一八二四）に捧げたいと思う。彼はわれわれの文学に十一音節の詩を残し、哲学から神学的な影を払拭して純化し、教壇でロックとコンディヤック[*7]の原理を説くことによって哲学教育を革新しようとした。彼は亡命先で亡くなったが、すべての人間と同じように彼にも不運な時代が巡ってきたのだ。[☆1]

J. L. B.

ブエノスアイレス、一九四六年十二月二十三日

A

I

これまで文学と（時に）形而上学上の難問に人生を捧げてきたが、そんな中でわたしは時間に関する反駁を感じた、というか予感してきた。わたし自身はそのような反駁を信じていないのだが、夜と疲れた明け方になると決まって、さも自明の理であるかのような光を伴ってわたしのもとを訪れてくる。その反駁はわたしのすべての本に何らかの形で現れている。わたしの詩集『ブエノスアイレスの熱狂』に収められている「すべての墓の墓碑」と「トリック」という詩の中に前触れとして現れ、『エバリスト・カリエーゴ』のあるページ、それに後で引き写すつもりの「死の中にいると感じる」という物語のうちにはっきり現れている。今挙げたテキストはどれも満足のいくものではないし、その中の最後から二番目のものも論証的、論理的というよりも判じ物的で感傷的である。このエッセイでそれらすべてに理論的根拠を与えたいと考えている。

二つの理論、すなわちバークリの観念論とライプニッツの識別できないものの原理[*8]によって、わたしは時間に関する反駁を考えるようになった。

バークリ（『人知原理論』三）は次のように言っている。「われわれの想像力が作り上げるさまざまな考え、情熱、観念は心がなければ存在しないということは誰もが認めるところだろう。以下のこともわたしには自明のことに思われる。すなわち、五感に刻み付けられた感覚、あるいは観念はそれがどのような形で組み合わされるにせよ（すなわち《イド・エスト》、五感が形成する対象がどのようなものであっても）、それらを知覚する心の中以外のどこにも存在しないということである。……この机は存在すると、わたしは断言する。なぜなら目で見、手で触れているからである。書斎の外に出たとしても、わたしは同じように断言するだろう。つまり、わたしがここにいたとすれば、それを知覚しただろうし、そうでなければ何か別の精神が知覚するということである……。知覚されるかどうかにかかわりなく、思考をもたない事物が絶対的に存在するというのは、わたしにはばかげたことに思われる。存在する（esse）とは知覚される（perpici）ことである。事物がそれらを知覚する心の外に存在しているというのはありえないことである。」反論を予測して、彼は第二三節でこう付け加えている。「しかし、〈公園に木があり、書斎に本があるのに、近くにそれらを知覚する人がいないところを想像するのはいたって簡単だという人もいるだろう。実際それは簡単きわまりないことである。では、尋ねるが、あなた方は本、あるいは木と呼んでいるものの観念を頭の中で作り上げ、一方でそれらを知覚する誰かある人の観念をわざと消し去っただけではないのだろうか？　わたしは心にさまざまな観念を想像する能力が備わっていることを否定しない。わたしが否定するのは、対象となる事物が心の外に存在するということである。」第六節ではすでにこう述べていた。「真理の中には目を開けてさえいれば分かるほど明白なものがある。そのひとつは重要な真理である。すなわち、一群の天体と地上のあらゆる備品——宇宙の巨大な枠組みを形成しているすべての物体——は心の外に存在しないというのがそれである。それらは知覚されることがなければ存在しない。われわれが考えなければ存在しない、もしくは**永遠の精神**[*9]の心の中にしか存在しないのである。」

以上がそれを考え出した人の言葉による観念論の教義である。理解するのはやさしいが、その枠内でものを考えるのはむずかしい。ショーペンハウアー自身その教義を説明するに際して怠慢の罪を犯している。『意志と表象としての世界』（一八一九年）の第一巻の冒頭で次のように述べているが、このことによって彼は永遠に人類を困惑させることになった。「世界はわたしの表象《フオアシユテルング》である。……彼が知っているのは太陽そのものでも大地そのものでもなく、いつもただ、太陽を見ている眼、大地に触れている手だけである……」（斎藤忍随ほか訳）。つまり観念論者のショーペンハウアーにとって、人間の目と手は大地と太陽よりも現実性がある、あるいは確固としたものなのである。一八四四年、ショーペンハウアーは補遺の巻を出版している。その第一章で以前の過ちを再発見し、より深刻化させている。彼は宇宙を頭脳の現象と定義して、《頭脳の中の世界》と《頭脳の外の世界》を区別している。しかし、バークリは一七一三年、フィロナスに次のように語らせている。「君の言う頭脳は感覚されうるものであり、したがって心の中にしか存在しえない。ひとつ訊きたいのだが、心の中の観念なり、心によって知覚されたものなりが他のすべての観念を生じさせるという推測は合理的なものだと思うかい？　もしそうだと言うのなら、君が頭脳と呼ぶその第一番目の観念の起源をどう説明するのかね？」ショーペンハウアーの二元論、もしくは頭脳主義に対して、スピラーの一元論を対置させるのが公平というものだろう。スピラー（『人間の心』八章、一九〇二年）は視覚的なものと触覚的なものを説明するために網膜と表皮を例にとって、両者はそれぞれに触覚的、視覚的システムを二つ備えており、われわれが見る部屋《客観的》なもの）は想像された部屋（《頭脳的》なもの）よりも大きいということはなく、またこれらは独立した二つの視覚的な体系なので、客観的なものは頭脳的なものを含まないと述べている。バークリ（『人知原理論』一〇、および一一六）は第一次的性質――事物の堅固さと延長――と絶対空間を同様に否定している。

バークリは、誰か個人が知覚しなくても、神が知覚するので、ものはつねに存在すると言い切っている。ヒュームはもっと論理的にその存在を否定している（『人性論』一、四、二）。バークリは「わたしは単にわたしの観念ではなく別の存在、すなわち行動し、思索する根本原因である」（『対話』三）という理由で、個人のアイデンティティを肯定した。一方、懐疑主義者のヒュームはそれに反駁を加えて、個々の人間は「考えられないほどの速度で次々に継起してゆく知覚の束、もしくは集まりである」と見なしている（前掲書、一、四、六）。両者はともに時間を肯定している。バークリにとってそれは均一に流れる観念の継起であり、すべての存在はそれにあずかっている（『人知原理論』九八）。ヒュームにとってそれは「分割できない瞬間の継起である」（前掲書、一、二、二）。

ここまで観念論を擁護する人たちの言葉を並べ立て、正統的と見なされているそれらの一節を紹介し、繰り返し同じことを言って説明し、（忘恩のそしりをまぬかれないが）ショーペンハウアーを厳しく批判してきたが、それもこれも読者に心という揺れ動く世界を理解してもらいたかったからである。つかの間の印象が支配する世界、物質も精神も存在せず、客観的でも主観的でもない世界、空間に関する観念論的な構築物のない世界、時間によって、ニュートンの『プリンキピア』の均一な絶対時間によって作られた世界。果てしない迷宮、ひとつの混沌、夢。デイヴィッド・ヒュームは完全と言ってもいい崩壊にたどり着いた。

観念論的な考え方を受け入れてしまえば、そこからさらに先へ進むことが可能になる——おそらくそれは避けがたいことである。ヒュームにとって、月の形、あるいはその色について語ることは許しがたいことである。形と色自体が月なのだ。同様に、心の知覚についても語ることができない。なぜなら、心は一連の知覚でしかないからである。デカルトの言う《われ思う、ゆえにわれあり》は意味をもたない。《われ思う》という言い方は、《われ》を前提としており、これは論点先取り《ペティティオ・プリンシピ》である。十八世紀にリヒテンベルク[10]は《われ思う》の代わりに「truena 雷が鳴る」、あるいは「relampaguea 稲妻が光る」というのと同じように無人称の「piensa 人は考える」とすればいいのではないかと提案した。繰り返しになるが、顔の背後に行為を統御し、知覚を受け止める秘められた自我があるわけではない。われわれは一連のそうした想像上の行為ととりとめのない印象でしかない。一連の、と言えるのだろうか？　連続性である精神と物質を否定し、空間までも否定してしまえば、時間という連続性に対してわれわれは何も言えないのではあるまいか。ここで何でもいいからある現在時を思い浮かべてみよう。ミシシッピー河のある夜に、ハックルベリー・フィンは目を覚ます。いかだは夕闇に包まれて河を下っていく。たぶん少し肌寒いのだろう。ハックルベリー・フィンは休みなくピチャピチャ音を立てて流れる静かな水音を聞いている。彼はけだるそうに目をあける。無数の星を見、ぼんやりした筋状の影になっている木々を見る。その後、暗い水中に沈み込むように記憶のない眠りに落ちる。[☆2] 観念論的形而上学はそうした知覚に、物質的実体（客観的なもの）と精神的実体（主観的なもの）を付け加えるのは危険でしかも無意味であると言う。知覚がはじまりも終わりも分からない連続の中にあると考えるのもまた、それに劣らず非合理的だとわたしは考えている。ハックが知覚した河と河岸に、別の河岸をもつ実体的な別の河の概念を付け加えること、つまりそうしたさまざまな知覚の直覚的な網目に別の知覚を付け加えることは観念論にとって正当とは認めがたいことである。わたしの考えでは、そこに正確な年代記的記述を付け加えることは容認しがたい。たとえば、先の出来事が一八四九年六月七日の夜の四時十分から四時十一分の間に起こったという事実がそれである。別の言い方をすれば、わたしは観念論的な論拠にもとづいて、観念論が容認する膨大な時間的連続性を否定する。ヒュームはそれぞれの事物が存在する絶対空間を否定した。わたしはすべての出来事が連関している単一の時間を否定する。継続性を否定するのは共存を否定するほどむずかしくはない。

たいていの場合、わたしは継続的なものを否定する。たいていの場合、同時的なものも否定する。恋人の誠実さを信じて幸せな思いに浸っていたのに、その裏で彼女はわたしを裏切っていた、と考える人は自らを欺いているのだ。われわれが生きている一つひとつの状態は絶対的なものであり、あの誠実さは裏切りと同時的なものではなかった。裏切り行為の発見はもうひとつの状態でしかなく、それは思い出を修正することはあっても、《以前の》状態を変えるものではない。今日の不運は昨日の幸せ以上に現実的だというわけではないのだ。もっと具体的な例を挙げよう。一八二四年の八月はじめ、ペルーの騎兵大隊を率いていたイシドロ・スアーレス大尉[*11]はフニンの勝利[*12]を決定づけた。一八二四年の八月はじめ、ド・クインシーは『ヴィルヘルム・マイスターの修業時代』を痛烈に批判した。この二つの出来事は同時的なものではない(今はそうだが)、というのも二人のうちの前者はモンテビデオで亡くなり、後者はエディンバラで死亡したが、両者は互いに相手のことを知らなかった……。個々の瞬間は自律的である。復讐も許しも牢獄も、いや忘却さえも、傷つくことのない過去を変えることはできない。期待と不安も、未来のことにかかわっているので、同じように虚しいものに思われる。というのもわれわれは小さな現在でしかなく、未来の出来事がわれわれの身に起こることはないはずだからである。現在、つまり心理学者の言う《見かけ上の現在《スペシアス・プレゼント》》は数秒と一秒の最小部分の間で持続する。つまり、それが宇宙の歴史の時間なのである。より正確に言えば、ひとりの人間の人生はもちろん、その人のすべての夜の一夜さえ存在しないように、そのような歴史は存在しない。われわれが生きている個々の瞬間が存在するだけで、想像上の全体は存在しない。宇宙、すなわちすべての出来事の総計は、シェイクスピアが一五九二年から一五九四年の間に夢見たすべての馬の数――一頭、多くの馬、あるいは一頭も夢に見なかったのかもしれない――の総計に劣らず観念的である。ひとつ付け加えておこう。時間が心的なプロセスであるとすれば、無数の人間が、いや二人の異なった人間であっても、どうやって共有できるのだろう?

ここまで述べてきたことは一貫性を欠いている上に、言わずもがなの例を挙げたことが災いしてひどく入り組んでいるように思われるかもしれない。もっと直接的な方法を探してみよう。そこで反復が頻発するある人生、たとえばわたし自身の人生を考えてみることにする。わたしはレコレータ墓地を通りかかるたびに、そこに父と祖父母、曾祖父母が埋葬されていて、いずれ自分も埋葬されることになるだろうと考えるのだが、その後も何度となく同じことを考えたのを覚えている。人気のない夜に町外れを歩いていると、きまって記憶と同じように、余計な細部が夜の闇のせいで消し去られているので心地よく感じる。失われた愛や友情を思い出すと、いつも悲しい思いに浸るが、現実にありもしなかったものを失っただけなのだと考える。町の南にある街角のひとつを通りかかると、いつもエレーナ、あなたのことを考える。風がユーカリの香りを運んでくると、いつもアドロゲーのこと、少年時代のことを思い出す。ヘラクレイトスの断章九一の「人は二度同じ川に降りていかない」という文章を思い出すと、いつも彼の巧みな弁証法に驚かされる。というのも、第一義的な意味（《川は同じではない》）をすんなり受け入れた後、第二義的な意味（《わたしは同じではない》）が自然にわれわれの心に刻印されて、まるで自分がそう考えたように錯覚してしまう。ドイツびいきの人が、イディッシュ語をあしざまにののしると、いつもイディッシュ語というのは何よりもまず聖霊によってほとんど汚されていないドイツ語ではないのかと考える。そうしたトートトロジー（同語反復）がわたしの全生活である。言うまでもないが、そうしたトートロジーは不正確な形で繰り返される。強調する箇所や温度、光、全般的な生理的状態の違いはあるが、そうした状況的な変異の数は無限ではないかと思っている。ひとりの人間（あるいは二人でもいいが、その場合は同一のプロセスが作用していると仮定して）の心の中に、二つのまったく同じ瞬間が存在すると考えることはできる。そうした同一性を仮定すれば、それらの同じ瞬間というのはまったく同一のものではないかと問うことができる。時間の連続性を掻き乱し、混乱させるためには、たったひとつの反復された時間があれば十分ではないのだろうか？　シェイクスピアの一行を夢中になって読みふけっている熱烈な読者は、シェイクスピアその人ではないのだろうか？

ここまで素描してきた体系に備わる倫理がまだよく分からないし、それが存在するかどうかも分からない。『ミシュナ』[*13]の中の『サンヘドリン』[*14]の第四章五節において、神の正義に照らせばたったひとりの人間を殺す人は世界を破壊すると書かれている。複数性が存在しないのであれば、すべての人間を抹殺する人間は正統的な見方によれば、単純で孤独なカイン以上に罪深いとは言えず、魔術的であるかもしれないが、破壊という点ではより全体的であるとは言えないはずである。わたしはそんなふうに理解している。社会全体を脅かす災厄――火災、戦争、疫病――は、多くの鏡で幻影のように重複されたたったひとつの苦しみでしかない。バーナード・ショー（『社会主義の手引き』、八六）は次のように述べている。「あなたがもし苦しんでいるとすれば、それはこの地上で最大の苦しみです。もし飢餓で死ぬとしたら、あなたはかつてあった、あるいは今後あるはずのすべての飢えの苦しみを経験することでしょう。あなたと一緒に一万人の人が同じ運命をたどったところで、あなたは一万倍の飢えを感じるわけでもなければ、死の苦しみを味わう時間が一万倍延びるわけでもありません。人類の苦しみのぞっとするような総計に惑わされてはいけません。そのような総計など存在しないのです。貧困も苦痛も累積することはないのです。」C・S・ルイス[*15]『苦痛の問題』Ⅶも参照のこと。

ルクレティウス（『物の本質について』Ⅰ、八三〇）は金は金の微粒子から成り、火は火花、骨は感知できないほど小さな骨から成っているという学説をアナクサゴラス[*16]の唱えたものだとしている。ジョサイア・ロイスはおそらく聖アウグスティヌスの影響を受けたのだろうが、時間は時間で出来ており、「あることが起こるすべての現在もまたひとつの継続である」と述べている（『世界と個人』Ⅱ、一三九）。この考え方はこのエッセイの考えと矛盾しない。

Ⅱ

すべての言語は継起的性質を備えているので、永遠なもの、非時間的なものを論じるのに適していない。ここまでの議論で退屈された方も、一九二八年に書いた以下の文章なら喜んでいただけるだろう。すでに触れたように、以下の文は「死の中にいると感じる」と題された一文である。

「ここで数日前の夜に経験したことを振り返ってみよう。つかの間の恍惚感をもたらしてくれたが、冒険と呼ぶにはあまりにもささいな出来事で、思考と呼ぶにはあまりにも非合理的で心情的なものであった。それはひとつの情景と言葉にかかわっている。その言葉は以前にも用いたことがあるが、あのときほど深い思い入れを込めたことはなかった。出来事のあった時間と場所を含めてそのときのことを語ってみよう。

以下記憶をたどってみる。夜になるまでわたしはバラーカス地区にいた。あのあたりはめったに足を向けたことがなかったし、長い距離を歩いたこともあって、その日はなんとなく奇妙な一日だなという感じがした。あの夜はどこといって行く当てがなかった。穏やかな夜だったので、食後ぶらぶら散歩して昔のことを思い出そうと考えた。どこに向かうのかさえ決めていなかった。なまじ決めるとそれに縛られて、期待感が損なわれるように思えたので、足の向くまま歩くことにした。当てもなく足任せで歩き出した。並木道や広い通りを避けるようにして、偶然のもたらす暗い誘惑に身を任せた。しかし、なじみ深い引力のようなものによってある地区の方へ引き寄せられたが、その地区というのは名前を聞いただけで崇敬の念が湧いてくる、いつも思い出したいと思っているところだった。わたしが言おうとしているのは幼い頃の記憶に残っている自分の住んでいた地区ではなく、いまだ神秘に包まれている隣接した地区のことなのだ。すぐそばにあるのに神話的なヴェールに隠されたあのあたりは話にはよく聞いていたが、ほとんど足を踏み入れたことがなかった。なじみ深い地区の背後、裏側にある通りはわたしにとって地中に埋もれている家の基礎、あるいは目に見えないわれわれの骨格のように事実上覆い隠されていた。歩いているうちにある街角に出た。わたしは夜の大気を吸い込み、静かにもの思いにふけった。その街路はいかにも典型的な感じがしたので、かえって非現実的な感じがした。通りには低い家が建ち並び、一見すると貧しそうだが、よく見ると幸せそうな感じがした。いちばん貧しい、けれどもいちばんきれいな地区だった。どの家も通りまでせり出していなかった。イチジクの木が家の角の壁に影を落としていた。横に長く続いている壁から頭を出している玄関のドアは、夜の闇と同じ無限の物質で出来ているように思われた。歩道は通りから一段高くなっていて、通りは自然の基本要素である泥、いまだに征服されていないアメリカの泥の道だった。突き当たりにパンパまで延びている狭い通りがあったが、その通りはマルドナード川のところで崩れていた。ぬかるんでいて混沌とした大地の上にピンク色の壁があった。それは月の光をとどめるのではなく、内側から光が滲み出しているように思われた。あのピンク色を名づけるには、やさしさという言葉以外にないだろう。

わたしはその単純な光景をじっと見つめた。そして、頭の中で次のように考えたが、たぶん大きな声で言ったのだろう。ここは三十年前と同じだ……。その日付について考えてみた。他の国では三十年前といえば最近のことだろうが、世界の片隅にある変化の激しい土地にあっては遠い昔のことになってしまう。おそらく小鳥がさえずっていたはずだが、小鳥に対してその大きさにふさわしい愛情を感じた。しかし、あのめくるめくような静寂の中で聞こえていたのはコオロギの時間を超越した鳴き声だけだった。わたしは千八百年代にいるというふと浮かんだ思いが、単に言葉だけの問題でなく現実的な重みを備えたものとしてずっしりのしかかってきた。わたしは、自分がすでに死んでいる、自分は世界の抽象的な知覚者であると感じ、学問的な、つまり形而上学のこの上ない明晰さに満たされたとらえどころのない恐怖を感じた。わたしはよく川にたとえられる時間をさかのぼったとは思わなかった。むしろ、想像もつかない永遠というほとんど何も語らないか、もしくはまったく何も語らない不在の意味を自分のものにしたのではないだろうかと考えた。わたしがそのとき空想したことを説明できるようになったのは後のことである。

そのとき想像したことをここに書き写しておこう。同質的な出来事——穏やかに晴れた夜、きれいな壁、田舎らしいスイカズラの匂い、四元素のひとつである泥——の純粋な再現は以前にあの街角にあったのと単にそっくり同じだというだけではない。それは似ているとか反復というのではなく、同一のものなのだ。もしその同一性を直観で認識すれば、時間は幻影でしかなくなる。見せかけの昨日のある瞬間と見せかけの今日のある瞬間が区別することも分離することもできない、ただそれだけのことで時間は崩壊する。

言うまでもないが、人間的な瞬間というのは無限ではない。基本的な瞬間――つまり、肉体的苦痛と肉体的快楽の瞬間、夢が訪れてくる瞬間、音楽を聴いている瞬間、緊張感に満ちた瞬間と無力感に襲われた瞬間――はいっそう非個人的である。前もって結論を言っておこう。不死であるためには人生はあまりにも貧しい。しかし、われわれは自分の貧しさをまだはっきりと認識していない。というのも、感覚的には反駁できる時間も、知的な意味では反駁できないからである。なぜなら、知的なものの本質は連続性の概念と分かちがたく結びついているからである。したがってわたしがなんとなく感じ取った観念は感動的なエピソードのまま残ればいいだろうし、あの夜が惜しみなく与えてくれた恍惚感をもたらし、ひょっとするとこれが永遠かもしれないという暗示を与えてくれた真の瞬間はこのページに書きとめてはおくが、答えの出ないままにとどめておこう。

B

哲学史に記載されている教義の中で、もっとも古くて広く知られているのはおそらく観念論だろう。これはカーライル（『ノヴァリス』、一八二九）の考えである。その無限のリストを完成させようなどと考えたりせずに、彼の作った名表に付け加えるとすれば、以下のような哲学者たちの名前が思い浮かぶ。まず、唯一実在するのは原型であると考えているプラトニストたち（ノリス[17]、ユダス・アブラバネル[18]、ジェミストゥス[19]、プロティノス）、ついで神以外のものはすべて偶発的なものであると見なす神学者たち（マルブランシュ[20]、ヨハネス・エックハルト[21]）、宇宙を絶対的なものの無意味な形容詞でしかないとする一元論者たち（ブラッドリ、ヘーゲル[22]、パルメニデス……）。観念論は形而上学的不安と同じくらい古いものである。そのもっとも犀利な擁護論者ジョージ・バークリは十八世紀に活躍した。ショーペンハウアー（『意志と表象としての世界』II、1）が表明したのとは逆に、彼の功績はその教義を直観的に知覚したのではなく、合理的に説明するために理論を考え出した点にある。バークリは物質という概念を否定するためにその理論を用いた。ヒュームはそれを意識に適用した。わたしはそれを時間に適用しようと考えている。その前に、あの弁証論のさまざまな段階を要約しておこう。

バークリは物質を否定した。以下の点は理解していただきたいが、彼は色彩、味覚、音声、触覚まで否定したのではない。彼が否定したのは、外部世界を作り上げているそうした知覚以外に、誰も感じることのない苦痛や誰も見ることのない色彩、誰も触れることのない形象が存在するということを否定したのだ。知覚されたものにさらにあるものを付け加えるということは、この世界に余計な、考えもつかないような世界を付け加えることになる、と彼は考えた。彼は五感が織り上げる見せかけの世界を信じていた。しかし、（トーランド[*23]が言うところの）物質世界は架空の複製であると考えていた。彼は次のように言っている（『人知原理論』三）。「われわれの想像力が作り上げるさまざまな考え、情熱、観念は心がなければ存在しないということは誰もが認めるところだろう。以下のこともわたしには自明のことに思われる。すなわち、五感に刻み付けられた感覚、あるいは観念はそれがどのような形で組み合わされるにせよ（すなわち《イド・エスト》、五感が形成する対象がどのようなものであっても）、それらを知覚する心の中以外のどこにも存在しないということである。……この机は存在する、とわたしは断言する。なぜなら目で見、手で触れているからである。書斎の外に出たとしても、わたしは同じように断言するだろう。つまり、わたしがここにいたとすれば、それを知覚しただろうし、そうでなければ何か別の精神が知覚するということである……。知覚されるかどうかにかかわりなく、思考をもたない事物が絶対的に存在するというのは、わたしにはばかげたことに思われる。存在する（esse）とは知覚される（perpici）ことである。事物がそれらを知覚する心の外に存在しているというのはありえないことである。」反論を予測して、彼は第二三節でこう付け加えている。「しかし、公園に木があり、書斎に本があるのに、近くにそれらを知覚する人がいないところを想像するのはいたって簡単だと言う人もいるだろう。実際それは簡単きわまりないことである。では、尋ねるが、あなた方は本、あるいは木と呼んでいるものの観念を頭の中で作り上げ、その一方でそれらを知覚する存在（誰か）の観念をわざと消し去っただけではないのだろうか？　わたしは心にさまざまな観念を想像する能力が備わっていることを否定しない。わたしが否定するのは、対象となる事物が心の外に存在するということである。」第六節ではすでにこう述べている。「真理の中には目を開けてさえいれば分かるほど明白なものがある。そのひとつは重要な真理である。すなわち、一群の天体と地上のあらゆる備品——宇宙の巨大な枠組みを形成しているすべての物体——は心の外に存在しないというのがそれである。それらは知覚されることがなければ存在しない。われわれが考えなければ存在しない、もしくは**永遠の精神**の心の中にしか存在しないのである。」（バークリの神は遍在する観察者で、その目的は世界に統一性を与えることにある。）

ここまで紹介してきた教義はこれまで曲解されてきた。ハーバート・スペンサー*24は、意識の外に何もないのであれば、意識は時間と空間の中で無限でなければならないと論じることによって、あの教義に反駁したつもりでいる（『心理学原理』Ⅷ、六）。しかし、彼の言う時間に関しては、すべての時間が誰かによって知覚されたものであると考えれば正しいが、その時間は必然的に無数の世紀を含んでいなければならないと考えると、誤りだと言える。空間のほうは、バークリ（『人知原理論』一一六、『サイリス』二六六）がニュートンの絶対空間を何度も否定しているので、明らかに誤りである。それ以上に理解できないのはショーペンハウアーの陥っている誤り（『意志と表象としての世界』Ⅱ、Ⅰ）である。彼は観念論主義者にとって世界は大脳現象なのだと言っている。しかしバークリは（『ハイラスとフィロナスの対話』の中で）こう言っている。「君の言う頭脳は感覚されうるものであり、したがって心の中にしか存在しえない。ひとつ訊きたいのだが、心の中の観念なり、心によって知覚されたものなりが他のすべての観念を生じさせるという推測は合理的なものだと思うかい？　もしそうだと言うのなら、君が頭脳と呼ぶその第一番目の観念の起源をどう説明するのかね？」頭脳は実のところ星座のケンタウルス座と同じように外部世界の一部なのである。バークリは、五感が受け取る印象の背後に物体が存在することを否定した。デイヴィッド・ヒュームは変化の知覚の背後に主体が存在することを否定した。つまり、バークリは物質を否定し、ヒュームは精神を否定した。前者は、継起する知覚に物質の形而上学的な概念を付け加えることを望まなかった。後者は、継起する心的状態に自我の形而上学的概念を付け加えることを望まなかった。アレグザンダー・キャンベル・フレイザー[*25]が言っているように、バークリ自身が予測したとおり、彼の主張は論理的に拡張していくものであった。バークリ自身、デカルト的な《われあり》を通してそれを否定しようとさえした。「君の原理が正しければ、君自身は揺れ動く観念の体系でしかない。しかも、それらの観念は精神的実体、物質的実体の双方について語るに価しないものである以上、いかなる実体にも支えられていない」と『対話』の第三章と最終章において、ヒュームを先取りした形でハイラスに語らせている。ヒューム（『人性論』一、四、六）はその考えを以下のように裏付けている。「われわれは考えられないほどの速度で次々に継起している知覚の束、もしくは集まりである……。心は劇場のようなもので、そこに知覚が現れたり、消えたり、戻ってきたり、実にさまざまな形で組み合わされる。比喩がわれわれを欺くはずがない。知覚がわれわれの心を作ってい る。われわれはそれらの場面が現れてくる場所をのぞき見たり、劇場がどのような物質で出来ているかをまったく知ることができない。」

観念論の主張を受け入れれば、そこからさらに先へ進むことができる――おそらくそうせざるをえないだろう――とわたしは考えている。バークリにとって時間は「均一に流れる観念の継起であり、すべての人間がそれに関与している」のである（『人知原理論』九八）。ヒュームにとって、時間は「分割できない瞬間の継起である」（『人性論』一、二、三）。しかし、連続である物質と精神を否定し、空間までも否定すると、時間という連続性を保持するためにどうすればいいかわたしには分からない。（現実の、もしくは推測上の）個々の知覚以外に物質は存在しない。個々の心的状態以外に精神は存在しない。だとすれば、個々の現在の瞬間以外に時間は存在しないはずである。もっとも単純な瞬間をここで選んでみよう。すなわち、荘子の夢の瞬間である（ハーバート・アレン・ジャイルズ『荘子』、一八八九年）。荘子は約二十四世紀前、蝶になった夢を見た。だが、目が覚めたとき、自分が蝶になった夢を見たのか、蝶が今人間になっている夢を見ているだけなのか分からなかった。ここで目が覚めたときのことではなく、夢を見ている瞬間、そうした瞬間のひとつについて考えてみよう。「わたしは蝶になって空中をひらひら舞い、荘子のことをすっかり忘れてしまった夢を見た」と古いテキストは語っている。荘子が蝶になってその上を飛んでいた庭園、あるいは間違いなく彼自身であったひらひら飛ぶ黄色い三角形を見たのかどうかわれわれは知らない。しかし、記憶がもたらしたものであるにしても、そのイメージが主観的なものであることは明らかである。心理学的並行論の教義に従えば、そのイメージは夢を見ている人の神経系統の変化に起因しているということになるだろう。バークリの意見に従えば、あの瞬間荘子の肉体も彼が夢を見ている真っ暗な寝室も存在しない、ただ神の心の中の知覚だけが存在するということになるだろう。ヒュームならその出来事をさらに単純化するはずである。彼によれば、あの瞬間荘子の精神は存在しなかった。存在したのは夢に現れた色彩と蝶になったという確信だけであった、ということになるだろう。それは《知覚の束、もしくは集まり》の中で一瞬の間だけ存在する。そして、この知覚の束が紀元前約四世紀の荘子の心を作り上げていた。つまり、無限の時間的連続の中でnマイナス1とnプラス1の間のnの期間存在していた。観念主義者にとって、心的推移以外の現実は存在しない。知覚された蝶に加えて客観的な蝶を付け加えることは、観念主義者にとって虚しい複製を作ることとしか思えない。心的推移に自我を付け加えることはそれに劣らずとんでもないことに思われる。彼の考えでは、夢を見る行為、知覚する行為は存在したが、夢見る人間はもちろん、夢そのものも存在しない。彼の考えでは、客体と主体について語ることは不純な神話体系に入り込むことにほかならない。つまり、個々の心的状態で充足しているのであって、それをある状況なり自我と結びつけることは許されないか、もしくは無意味なことである。時間の中に、後である場所を割り当てたりする権利は誰にもないのだ。荘子は蝶になる夢を見た。その夢を見ている間、彼は荘子でなく、蝶であった。空間と自我が消滅すれば、目覚めの瞬間と中国史の中の封建時代とそうした瞬間とを結びつけることはできないだろう。だからといって、大まかな形であの夢の日付をけっして知ることができないというわけではない。ただ、ある出来事、この地上におけるあらゆる出来事を年代記的に固定することは夢とかかわりのない、無関係なことだということなのだ。中国において荘子の夢はよく知られている。ここで無数の読者の一人が蝶になる夢を見て、ついで荘子になる夢を見ると想像してみよう。まったくありえないとは言えない偶然の働きで、この夢が、師が夢に見たのと寸分の違いもなかったと仮定してみよう。その同一性が措定されれば、次のように問うことができる。つまり、ぴったり重なり合うそうした瞬間はまったく同じものではないのだろうか？　たった一度同じ瞬間が反復されれば、それだけで世界の歴史が崩壊し、混乱が生じることになるだろうし、そもそも世界史など存在しないのだと言い切れるのではないだろうか？

時間を否定することは二つのことを否定することである。すなわち、一連の期間の連続性を否定し、さらに二連の期間の同時性を否定することである。事実、個々の一定期間が絶対的なものであれば、それらの関係は最終的に関係が存在すると認識するところに帰着する。ある状態が何かよりも前のものであると認識すれば、それは別の状態に先行するということである。また、状態Gが状態Hと同時的であると認識すれば、それはHと同時的である。ショーペンハウアーが基本的な真理の表（『意志と表象としての世界』II、四）で述べているのとは逆に、時間の個々の小部分が空間全体を埋めることはない。時間は遍在しない。（ここに至れば、もはや空間が存在しないことは明らかである。）

マイノング[*26]はその認識理論の中で、想像上のものの存在を受け入れている。つまり、四次元、あるいはコンディヤックの感覚を備えた彫像、ロッツェ[*27]の仮想の動物、マイナス1の平方根がそれである。以上に述べてきた理由が妥当であれば、物質、自我、外部世界、宇宙史、われわれの人生もまた靄に包まれた世界に属することになる。

それはそれとして、時間の否定という言葉の意味はあいまいである。プラトン、あるいはボエティウスの永遠を指すこともあれば、セクストゥス・エンピリクス[*28]のジレンマを意味することもありうる。セクストゥス・エンピリクスは（『数学者への反論』XI、一九七）かつてあった過去と、まだ存在しない未来を否定し、現在は分割可能、もしくは分割不可能のどちらかであると論じている。現在は、それを過去と結びつけるはじまりもなければ、未来と結びつける終わりもない、さらにはじまりと終わりがなければ真ん中もなく、中間が存在しないがゆえに、分割できなくはない。現在はまたかつてあったものの一部とまだ存在していないものの一部から成っているがゆえに、分割することができない。Ergo（ゆえに）現在は存在しない。そして、過去も未来も存在しないのであるから、時間は存在しないということになる。F・H・ブラッドリはその難問を再発見し、それに手を加えている。彼によれば（『現象と実在』Ⅳ）、今という時間が別の今という時間に分割できるなら、それは時間に劣らず複雑なものになる。もし分割できないとすれば、時間は無時間的なものの間の単なる関係でしかなくなる。上に述べた理論に従うと、部分を否定した後、全体を否定することになる。わたしが全体を否定するのは、全体の中の個々の部分を高めるためである。バークリとヒュームの弁証論を通して、わたしはショーペンハウアーの次の一節にたどり着いた。「意志の現象の形式……は、本来ただ現在だけであり、未来でもなく過去でもない。未来や過去はただ概念のなかだけに現存するのであり、認識が根拠律にしたがうかぎりにおいて認識の連関のうちにのみ現存するのである。いかなる人間も過去のうちに生きたことはなく、だれも未来のうちに生きはしないであろう。現在のみがあらゆる生の形式なのである。しかしまた現在のみが生の確実な所有物なのである。生からこの所有物をもぎ取ることはけっしてできない。……時間は果てしなく回りつづける軸にたとえることができる。たえず下っていく半分は過去であり、たえず上ってくるのは未来である。ところで上部には接線のふれる不可分の点がある。これは広がりをもたぬ現在である。接線がいっしょに回りつづけないのと同じように、現在も回りつづけはしない。それは、時間を形式とする客観と、認識されうるものに属さず認識されうるもののいっさいの条件であるがゆえに形式をいっさいもたない主観との、接触点なのである」（『意志と表象としての世界』I、五四。斎藤忍随ほか訳）。五世紀の仏教学の論典『清浄道論』[*29]も同じ教義を同じ比喩で説明している。「厳密に言うと、ある存在の生は観念と同じだけ生き続ける。乗り物の車輪は回転するとき、ただ一点だけで大地に触れる。それと同じように生はたった一つの観念が生きている間生き続ける」（ラーダークリシュナン[*30]『インド哲学』I、三七三）。別の仏教関係のテキストでは、世界は一日のうちに六十五億回消滅しては再生する。すべての人間は一連の孤立した、瞬間的に現れては消える人間たちによってめくるめく勢いで作られており、幻影でしかないと述べられている。

「過去の瞬間の人間は——と『清浄道論』は忠告している——これまで生きてきたが、今も未来も生きていない。未来の瞬間の人間は生きることになるだろうが、今も過去も生きていない。現在の瞬間の人間は今生きているが、過去と未来には生きていないだろう」（前掲書I、四〇七）。この一節はプルタルコス[*31]（『デルポイのEについて』一八）の次の文章と比較できるだろう。「昨日の人間は今日の人の中で死んだ。今日の人は明日の人の中で死ぬ。」

And yet, and yet……。時間の連続性を否定し、自我を否定し、天文学的宇宙を否定することは、一見絶望的なことに思えるが、秘めやかな慰めでもある。（スウェーデンボリの地獄やチベットの神話の地獄と違って）われわれの運命は非現実的であるがゆえに恐ろしいのではない。逆行できず、鉄のように仮借ないがゆえに恐ろしいのだ。時間はわたしを作り上げている実体である。時間はわたしを押し流す川である。しかし、わたしはその川である。それはわたしを引き裂く虎である。しかし、わたしはその虎である。それはわたしを焼き尽くす火である。しかし、わたしはその火である。世界は不幸にして現実である。わたしは不幸にしてボルヘスである。

Freund, es ist auch genug. Im Fall du mehr willst lesen,
So geh und werde selbst die Schrift und sebst das Wesen.
(友よ、もうこれで十分である。もっと読みたければ、赴いて、あなた自身が文字となり、本質となりなさい。)

アンゲルス・シレジウス『ケルビムのごとき旅人』[*32]

☆1――仏教関係の解説書を見ると、必ず二世紀の護教論『ミリンダ王の問い』に言及している。この文献にはバクトリアの王メナンドロスと僧侶ナーガセーナの間で交わされた議論が収められている。ナーガセーナは王の乗る馬車が車輪、車台、車軸、ながえ、くびき、そのいずれでもないのと同じように、人間もまた物質、形相、さまざまな印象、理念、本能、あるいは意識のいずれでもない。そうしたものの組み合わせでもなければ、それらの外に存在しているのでもない……。何日も議論を戦わせた後、メナンドロス(メリンダ)は仏陀の信仰に改宗する。

『ミリンダ王の問い』はライズ・デイヴィッズ[*33]によって英語に訳された(オックスフォ

ード、一八九〇—一八九四)。

☆2——読者が理解しやすいように二つの眠りの間の瞬間を、歴史的なものでなく、文学的な瞬間を選び出した。もし間違っているとお考えなら、彼の人生の別の瞬間を例として挿入してもいいだろう。

＊1——一六〇五—六〇。ドイツの詩人、劇作家。
＊2——オルダス、一八九四—一九六三。イギリスの小説家、批評家。
＊3——一八七二—一九五八。イギリスの哲学者。
＊4——アンリ、一八五九—一九四一。フランスの哲学者。
＊5——紀元前二世紀後半に書かれた仏典。
＊6——ビクトリア・オカンポが一九三一年に創刊したアルゼンチンの代表的な文芸雑誌で、一九七〇年に廃刊になった。
＊7——エティエンヌ・ボン・ドゥ、一七一五—八〇。フランスの哲学者。
＊8——不可識別者同一の原理、すなわち区別できないものは同一であるという原理。
＊9——神のこと。
＊10——ゲオルク・クリストフ、一七四二—九九。ドイツの物理学者、著述家。
＊11——一七五九—一八四三。ボルヘスの母方の先祖で、軍人。

＊12――ラテンアメリカ独立戦争の激戦地。
＊13――二世紀末にまとめられたユダヤ教の口伝律法。
＊14――新約聖書時代のユダヤ人の司法、行政、教会上の最高会議で、「最高法院」と呼ばれる。
＊15――一八九八―一九六三。イギリスの学者、批評家、小説家。
＊16――前五〇〇頃―前四二八頃。ギリシアの哲学者。
＊17――ジョン、一六五七―一七一一。イギリスのプラトニスト。
＊18――一四六五頃―一五三五。ユダヤ人の哲学者、医者。
＊19――一三五五頃―一四三〇頃。新プラトン主義者。
＊20――ニコラス、一六三八―一七一五。フランスの哲学者。
＊21――一二六〇頃―一三二七。ドイツの神秘家。
＊22――ゲオルク・ヴィルヘルム・フリードリヒ、一七七〇―一八三一。ドイツの哲学者。
＊23――ジョン、一六七〇―一七二二。ケンブリッジのプラトニスト。
＊24――一八二〇―一九〇三。イギリスの哲学者。
＊25――一八一九―一九一四。イギリスの哲学者。
＊26――アレクシウス、一八五三―一九二〇。オーストリアの哲学者、心理学者。
＊27――ルドルフ・ヘルマン、一八一七―八一。ドイツの哲学者。
＊28――二世紀頃のギリシアの哲学者、医者。

＊29――五世紀にパーリー語で書かれた仏教の論典。
＊30――一八八八―一九七五。インドの政治家、哲学者。
＊31――四六頃―一二〇頃。ギリシア末期の倫理家、伝記作家。
＊32――訳文は、『ケルビムのごとき旅人』の増補版である『シレジウス瞑想詩集』（植田重雄・加藤智見訳、岩波文庫）を引用させていただいた。
＊33――一八四三―一九二二。イギリスの東洋学者。

古典について

時が経つにつれて言葉のもとの意味が思いもかけない形で変化するが、語源学の面白さはそこにある。言葉というのは矛盾するところまで意味が変化する。そういう語を見ると、語源を調べても、その単語のもつ概念がまったく、あるいはほとんど明らかにならないのではないかと思われる。ラテン語の calculus（計算）という語はもともと小石を意味していて、数字が発明されるまでの間、ピタゴラス学派の人々がそれを用いていた。しかし、そのことが分かったところで、代数学の秘密が解けるわけではない。また、hypocrita（偽善者）が俳優を意味し、persona（人）が仮面を意味していたと分かったところで、倫理学の研究に役立つわけでもない。《clásico 古典的》という語を正しく理解しようとする場合も、事情は同じである。この形容詞が艦隊を意味するラテン語の classis から派生し、その後秩序を意味するようになったと分かっても、なんら益するところはない。(ついでにここで、ship-shapeも同じように形成されたことを思い出してみるといいだろう。)

では、古典的な書物というのはどのようなものを指すのだろう。今、手もとにエリオット[*1]とアーノルド、サント=ブーヴ[*2]の古典に関する定義があるが、これらはいずれも明晰で、理路整然としているにちがいない。こうした著名な作家と見解を同じくするというのは喜ばしいことだが、やはり参照しないでおこう。わたしはすでに六十歳を越えている。このくらいの年になると、偶然の一致や新奇な意見よりも、自分が真実だと思っていることのほうが大切なのである。したがってここでは、この点に関する自分の考えを表明するだけにとどめておこう。

わたしが最初に啓発されたのは、ハーバート・アレン・ジャイルズの『中国文学史』(一九〇二年)である。その第二章で彼は、孔子の編纂した五経の中の変化の書、すなわち『易経』を取り上げている。この書は合計六本の線分——真ん中で二分されたものと完全なものとの二種類がある——のすべての組み合わせを収めた六十四個の六線形を取り扱っている。その図式のひとつを例にとると、二本の完全な線分と一本の真ん中で二分された線分、それに三本の完全な線分が縦に並べられている、というものである。先史時代のある皇帝は、神聖なる亀の甲にその図式を読み取ったという。ライプニッツは、六線形のうちに二つの計算法を見出したと言われる。ほかの人はそこに謎に満ちた哲学を読み取り、ヴィルヘルム[*3]のような別の人たちは上記の六十四個の図形はある計画、もしくは事件の経緯の六十四通りの局面にそれぞれが対応しているので、それに従って未来を見通すことができると考えた。ほかの人たちはこれをある部族の語彙と見なし、さらに別の人たちは暦と考えた。今思い出したのだが、スル＝ソラール[*4]はいつもつまようじかマッチ棒を用いてこの図形を再現していた。外国人の目から見れば、変化の書は単なるシナ趣味の域を出ないかもしれない。しかし、この書物は何千年にもわたる世代を通じて立派な教養人たちが敬虔の念を抱いて繰り返しひもといてきたし、これから先も読み継がれていくはずである。孔子は弟子たちに向かって、もし天がもう百年の命を与えてくれるなら、半生は易経の研究とその注釈、すなわち『十翼』の研究に捧げたいと語ったと言われる。

ここでわたしはわざと極端な例、つまり信仰心が求められるような書物を選んだ。そろそろ本論に入ることにしよう。古典とはひと言で言えば、ある国民なりいくつかの国々の国民が、あるいは長い歳月が読むべく定めた本のことである。古典をひもとくとき、人はまるでそこに書かれてあることが秩序ある宇宙のように十分に考え尽くされており、宿命的で深遠、しかも無限の解釈が可能であるかのように思う。それでは具体的にどのような作品が古典なのかということになれば、これこれがそうだと一概には言えない。ドイツ人とオーストリア人が非凡な作品と見なしている『ファウスト』[*5]は、他国民から見ればミルトンの『失楽園』の第二部やラブレー[*6]の作品と同様、退屈きわまりないものである。『ヨブ記』、『神曲』、『マクベス』、それに私見を差し挟むと、北欧のサガの中のいくつかの作品もそうだと思うが、これらは永遠の命が約束されている。しかし、これも未来のことになれば、現在とは評価が異なるだろうとは言えるが、それ以外のことは分からない。好みというのはたぶんに迷信じみたところがある。

わたしは偶像破壊主義者になるつもりはない。一九三〇年代、わたしはマセドニオ・フェルナンデス[*7]の影響を受けて、美とは限られた作家の特権にほかならないと思い込んでいた。しかし現在では、美はすべての人が共有するものであり、凡庸な作家の書いた何気ない文章、街角で交わされる会話の中にも潜んでいるにちがいないと考えている。その意味で、わたしがマレー文学なりハンガリー文学に疎いということは致命的である。しかし、それらの文学を研究する時間と機会さえ与えられれば、きっとそこにも人間の精神が必要とするすべての養分を見出すことができると確信している。言語的な障害のほかにも、政治的、地理的な障害がある。スコットランドにおいて、バーンズ[*8]は古典的な作家のひとりに数えられている。しかし、トゥイード川の南部ではダンバー[*9]やスティーヴンソンほどには関心をもたれていない。何世代にもわたる名もない読者たちが孤独な書斎で、栄光に包まれた詩人を吟味してきた。ひとりの詩人の栄光とは、要するにこうした読者が感動するかどうかにかかっている。

文学が呼び起こす感動は、おそらく永遠に変わらないだろう。しかし、表現手段はたとえわずかずつでも変化していくはずである。なぜなら、そうしてはじめて効果を挙げることができるからである。表現手段は読者にとってなじみ深いものになればなるほど、古びていく。したがって、古典とはこれこれの作品を指し、それは永遠に変わらないと断定するのは危険である。

作家は誰しも自分の芸術なり技巧に対して不信の念を抱いている。今のわたしには、ヴォルテール、あるいはシェイクスピアが永遠に生き残る作家だとは思えない。今、一九六五年も終わりに近づいたある午後、わたしはショーペンハウアーとバークリが永遠に生き残るのではないかと考えている。

繰り返しになるが、これこれの長所を備えているがゆえに、この作品は間違いなく古典であるとは言い切れない。古典とは何世代もの人々がさまざまな理由からひもとき、読む前からすでに読みたいという気持ちになり、理解しがたいほど忠実に読みふける書物のことである。

＊1――トマス・スターンズ、一八八八―一九六五。イギリスの詩人。
＊2――シャルル・オーギュスタン、一八〇四―六九。フランスの詩人、批評家。
＊3――リヒアルト、一八七三―一九三〇。ドイツの宣教師、中国学者。
＊4――一八八七―一九六三。アルゼンチンの前衛的な画家、彫刻家。ボルヘスと親交があった。
＊5――ドイツの作家ゲーテの戯曲。
＊6――フランソワ、一四九四頃―一五五三。フランスの医学者、人文学者、作家。
＊7――一八七四―一九五二。アルゼンチンの作家。
＊8――ロバート、一七五九―九六。イギリスの詩人。
＊9――ウィリアム、一四六〇頃―一五三〇。スコットランドの諷刺詩人。

訳者解説

木村榮一

一時期ドライ・フルーツにはまったことがある。今でもスーパーマーケットや百貨店へ行くとつい手が伸びてしまうのだが、そのドライ・フルーツに関しては忘れられない思い出がある。以前スペインに滞在していたとき、毎日のようにスーパーマーケットで買い物をしていた。ある日、買い物を済ませてレジで勘定する際に、買い物籠に目をやると、いつの間につかんだのか干しブドウの箱が入っていた。また買ってしまったなと思ってよく見ると、その箱に思いもかけない文字が並んでいた。そこにはBorges（ボルヘス）と印刷してあったのだ。

その後、あちこちのスーパーマーケットへ行くたびに、必ずドライ・フルーツの売り場をのぞくようになったが、どこへ行ってもボルヘス印の商品が並んでいた。スペインのスーパーマーケットでのボルヘスとドライ・フルーツの出会いというのは、ぼくにとってシュルレアリスティックといってもおかしくない体験だった。それはともかく、ピーナッツ、アーモンド、ピスタチオ、ヒマワリやカボチャの種など何十種類ものドライ・フルーツの箱に印刷されたボルヘスという文字を見ながら、稀代の博識家で知られるボルヘスの名前がどうしてこんなところに出てくるのだろう。彼がピーナッツやピスタチオに目がなくて、読書や執筆をしながらポリポリポリかじっていたという話は耳にしたことはないし、ブエノスアイレスの市立図書館をやめて生活が苦しくなったときに、乾坤一擲《けんこんいってき》の勝負をかけてドライ・フルーツの会社を興《おこ》し、大成功を収めたという話を聞いたこともない。いったいどうなっているんだろうと不思議でならなかった。

ああだろうか、こうだろうかとボルヘス的な空想にひたりかけたとき、ふと彼がある対談で語っていた言葉を思い出した。以前ボルヘスはポルトガルを訪れたことがある。スペイン系の人名にボルヘスというのはめったにないが、ポルトガルでは珍しい名前ではないと聞いていた彼は、早速電話帳を繰ってみた。あるわ、あるわ、ボルヘス（ポルトガル語ではボルジェス）の名前がずらっと並んでいたのでびっくりしたと語っている。つまり、偶然見つけたボルヘス印のドライ・フルーツは、ポルトガルのボルジェス一族の人間が経営している会社の製品で、スペインのスーパーマーケットに進出するほどの成功を収めているということなのだろう。そう考えてようやく納得がいった。そこで念のために干しブドウの箱をひっくり返してみると、本社の所在地はたしかにポルトガルになっていた。

ボルヘスとドライ・フルーツの結びつきに関してはそれなりに理解できたが、ボルヘスの名前が印刷されたドライ・フルーツのケースをスペインのスーパーマーケットで目にしたときの衝撃と、その後に訪れてきた戸惑いと違和感はどういうわけかなかなか消えなかった。考えてみれば、ぼくにしたところでパンの《木村屋》とは縁もゆかりもないわけで、別に驚くようなことではない。なのに、あの奇妙な違和感はなぜかしこりのようにいつまでも消えなかった。

先日、ボルヘスのエッセイ「永遠の歴史」を読み返していたのだが、そのときにあの戸惑いと違和感が突然よみがえってきた。以前はそれほど気にしていなかったのだが、冒頭の一節からしてすでに読者を戸惑わせる記述になっていたのだ。以下、その箇所を引用してみよう。

時間の本質とは何かと問い、それを定義しようと試みている『エネアデス』(Ⅲ―7)のあの一節を見ると、そのためにはまず誰もが知っている時間の手本であり原型である永遠がどのようなものかを前もって知っておく必要があるとはっきり記されている。冗談でなくそう書いたのであれば、ことはいっそう重大だが、いずれにしてもあの序文は、それを書いた人と理解し合えるかもしれないというわれわれの期待を完全に裏切るように思われる。時間はわれわれにとって大きな問題、つまり人を不安に陥れる難問であり、おそらく形而上学上もっとも重要な問題だろう。それにひきかえ、永遠は一種のお遊び、くたびれた期待でしかない。プラトンの『ティマイオス』を読むと、時間は永遠の動く似像であると書かれている。この言葉はわれわれの心を打つこともないし、永遠は時間という実体によって作られた似像であるというわれわれの確信を揺るがすこともない。この似像、人間ならではの考え方の違いによってより豊かなものになった似像というこの粗雑な言葉を歴史的に跡づけたいというのが、わたしの意図である。

上の一節を見ても分かるように、「永遠は一種のお遊び、くたびれた期待でしかない」、あるいはプラトンの説をひっくり返して「永遠は時間という実体によって作られた似像である」といったようにボルヘスは永遠について否定的な言辞を連ねているが、そのせいで読む者は混乱する。このエッセイは「永遠の歴史」と題されているのではないのか、それならなぜ頭から永遠を否定するような言葉を並べているのだろうという疑問が湧いてくる。ただ、それに続くところで永遠という粗雑な言葉が、人間らしい考え方の相違によって豊かなものにされてきたその歴史をたどるつもりであると書かれているので、一応の納得はいく。

しかし、続くところでふたたび読者は戸惑いと混乱を覚えることになる。というのも、ボルヘスはまず十九世紀末から二〇世紀前半にかけて活躍したスペインの作家で思想家のウナムーノの、時間が過去からではなく「永遠の未来」から流れ出すという詩の一節を引用し、ついで「《現在》を過去の中に崩れ落ちていく今この瞬間」であると規定しているブラッドリの説を紹介した後、紀元前六世紀から五世紀にかけてイタリアに誕生したエレア学派の空間の無限分割を時間に適用してパラフレーズした文章を置き、バートランド・ラッセルに言及し、さらにイレナエウスの唯名論の永遠とプラトンの永遠に触れ、プロティノスの『エネアデス』の一節を紹介するといったようにいかにも彼らしい博覧強記ぶりを発揮して、時間と永遠に関するさまざまな考えを紹介している。ついで、第Ⅱ章では聖アウグスティヌスをはじめとする中世神学者たちの永遠に関する説を、引用を交えて紹介し、さらに第Ⅲ章で永遠に関する自分の考えを手短にまとめている。第Ⅳ章では自身の時間についての考えを述べているが、それについては後で触れるとして、第Ⅰ章から第Ⅲ章までを振り返ってみると、改めてその展開が尋常でないことに気づかされる。たとえば、先に触れたようにほんの一ページ少々の間にウナムーノ、ブラッドリからエレア学派、ラッセル、イレナエウス、プラトン、プロティノスと気の遠くなるほど長い歴史の中に登場してきた哲学者、神学者たちの言葉や説が年代とかかわりなく、なんとも形容しようのないほど縮約、列挙されている。それについていこうとすると並みの脚力、知力ではとうていおぼつかない。そういえば、「世界の歴史はたぶんいくつかのメタファーの歴史なのだろう」という書き出しではじまる「パスカルの球体」もそうで、わずか数ページの短いエッセイの中に、前六世紀のコロフォンのクセノファネスからパスカル、ジョン・ダンに至るまでの球体をめぐるさまざまな考えが紹介されていて、読者はめまいを覚えるはずである。

「永遠の歴史」をはじめとするボルヘスのエッセイはしばしば読むものを戸惑わせ、混乱させる。ぼくはめくるめくばかりの速度で次々に繰り出される人名と引用に戸惑い、困り果てたのだが、いつだったか「永遠の歴史」を訳すときに貴重な助言をいただいた中世哲学を専攻している友人に、これだけ次々に人名や引用文が出てくると、まるでおもちゃ箱をひっくり返したような感じがするねと言ったことがある。すると、その友人はしばらく考え込んで、ウーンとうなった後、たしかに恐るべき博識なので戸惑うのも無理はないけど、ボルヘスという人はあれだけの博識家でありながら、単なる物知りではなく、論の展開や引用についてのコメントを見るかぎり、内容をよく理解していることが分かる。また、論展開や構成も一見奇をてらっているように見えるかもしれないが、実はよく考え抜かれているように思うと言われて、うなだれてしまった。

友人の言葉にがっくりきて、もう一度「永遠の歴史」を読み返し、ああでもない、こうでもないと考えているうちにふと、この作品をはじめボルヘスのエッセイにはさまざまな人名や学説、あるいは引用が出てくるが、それを急ぎ足で読むのではなく、一つひとつをパズルのピースと見なして、あれこれ考えながらゆっくり読んでいけばいいのではないかと思えはじめた。ただ、それらのピースが博学の士ならではの多様性に富んでいる上に、配列がまた特異なので読者は戸惑い、困惑する。先に引用した文からも分かるように、冒頭でプロティノスとプラトンの「永遠」についての考えを否定し、ついでウナムーノ、ブラッドリ、エレア学派、ラッセル……と続いていく。読者はボルヘスの手引きによってめくるめくような時空の旅にいざなわれる。ただしその旅を楽しむためには稀代の博識家ボルヘスの健脚についていけるだけの脚力と跳躍力が必要とされる（むろんぼくにはありません）。ボルヘスのエッセイが難解ではあるが、晦渋ではない理由はそのあたりに求められるだろう。

ここに時間を論じた面白い本がある。ウェールズ大学で物理学を講じているピーター・コヴニーと『デイリー・テレグラフ』紙の科学記者ロジャー・ハイフィールドの書いた『時間の矢、生命の矢』（野本陽代訳。草思社）がそれだが、ここでは古代ギリシアの哲学者の説からニュートンの古典力学を経てカオス理論に至るさまざまな学説を紹介しながら時間が論じられている。以下にその一節を紹介してみよう。

時間は、哲学者がくり返し取り組んできた思索テーマである。数学者ジェラルド・ウィットローは、有名な著作『時間の自然哲学』のなかで、対照的な時間観が、アルキメデスとアリストテレスに見られると述べている。アリストテレスは、時間は宇宙に本来備わったものであり、アルキメデスとは異なり、宇宙の土台をなすものだと考えていた。何世紀にもわたって、いろいろな形でこの論争が続いた。

プラトンの宇宙論に関する著作『ティマイオス』によると、時間は天からやってきた鍛冶屋が、原初のカオスに形と秩序を与えたときに生まれたという。『ティマイオス』は、存在と生成を区別することからはじまっている。……プラトンにとって存在の世界は「推論の助けを借りれば知性で理解でき、永遠に変わらない」現実の世界であり、生成の世界（時間の領域）は「個人的見解や不合理な感情の対象であり、現われたり消えたりし、現実のものとなることのない」世界であった。彼は同様に、旅（生成）とその目的地（存在）を区別し、目的地だけが現実のものである、と主張した。時間を含む物理的世界は二次的に存在しているにすぎない、という考え方が、プラトンの全哲学を支配していた。

プラトンに先んじて、実在は不可分であり、始めも終わりもない、と考えたのはパルメニデスである。彼の弟子、南イタリアのエレアのゼノンは、時間の概念そのものを打ち砕くことを目的とした有名なパラドックスでわたしたちを悩ませた。そのなかでもっとも有名なものは、ふつう「アキレスと亀」として知られている。時間を無限に分けることができるのであれば、運動が不可能なことを示せる、というのである。

この後、ニュートン、アインシュタインの理論に続いて、量子力学、熱力学、カオス理論の紹介が続き、時間に関するさまざまな時代の理論や考えが、重要度に応じてほぼ年代順に配列されて解説されている。おそらくこのような列挙のやり方がもっとも一般的で分かりやすいのだろう。つまり、時代の移り変わりとともに新しい理論が生まれ、時間観が変化していくが、それを丁寧に跡づけているのである。ただ、これを書いた著者たちが、形而上学を「精神の偏頭痛」と呼んだオーストリアの著名な物理学者ボルツマンの「哲学は、このうえなく精緻に、空間あるいは時間の概念を構築する。そのうえで、この空間に物体が存在することも、この時間内に何かが起こることも、絶対に不可能だといいだす……。これを論理と呼ぶには、長いひだがたくさんついた服を着て山登りをしようとするのと同じだとわたしには思える。ひだが足にからみつき、足を踏み出したとたんに転んでしまうだろう」という言葉を引用しているところから考えて、形而上学に対してはかなり辛い点をつけているように思われるし、その意味ではボルヘスの文章からうかがえる考え方と相容れないものであることは言うまでもない。

コヴニーとハイフィールドの年代順に整理された時間論の紹介に比べると、ボルヘスの先に引用したそれは一見恣意的な羅列のように見える。しかし、「永遠の歴史」全体を見渡してみると、友人が言ったようにたしかに発想そのものは特異と言っていいだろうが、さまざまな人名、学説、引用の配列は必ずしも気まぐれだとは言えない。つまり、ボルヘスはまず永遠というのは形而上学上もっとも重要な問題である時間に比べれば「一種のお遊び」でしかないと断っている。ふつうなら、コヴニーとハイフィールドのようにこれまでに書かれた時間論を、順を追って紹介した上で時間と永遠についての自らの考えを語るのが本筋だろうが、ボルヘスは一転してウナムーノの詩を引用して、時間は過去からではなく未来から過去に向かって流れていくという見方もあれば、ブラッドリのように未来をわれわれの期待が作り上げたものでしかないとして排除し、《現在》を過去の中に崩れ去っていく今この瞬間であると規定しているケースもあるとし、ついでエレアのゼノンの時間の無限分割を持ち出している。ボルヘスはなぜこのような一見奇妙に思える展開にしたのだろう。

おそらく彼は時間が線的、不可逆的に過去から未来に向けて継起的、連続的に無限に経過していくという一般的な考え方に対して疑問を呈しているのだろう。ミルチャ・エリアーデによれば時間を線的で不可逆的なものとしてとらえるというのはユダヤ・キリスト教的な考え方で、古代や未開社会では時間は円環を描いて回帰して、原初の時に戻るととらえられていたとのことである。しかし、ボルヘスはエリアーデのように宗教学的な視点から時間をとらえようとしてはいない。ゼノンの無限分割に続くところでラッセルの言う無限数に触れて「それは限りなく数をかぞえていった末に現れてくるものではなく、定義によって瞬時にもたらされるものである」としてエレア学派の理論に反駁していると述べ、ついでプラトン、イレナエウスの永遠に言及して「過去、現在、未来の集合という形での永遠は存在しない。

それはより単純で、より魔術的である。すなわち、この三つの時間の同時性なのである」と述べている。そこからプロティノスの『エネアデス』の中の永遠について記された箇所の引用へと移っていき、ついで想像の翼を思うさま羽ばたかせて話を展開させていく。さらに第Ⅱ章では、聖アウグスティヌスからイレナエウス、ボエティウス、アルベルトゥス・マグヌス、エリウゲナといった中世の神学者たちの言葉や聖書からの引用を交えつつ、ボルヘスならではの博識と特異な連想によってプラトン、スウェーデンボリ、ジェイムズ・ジョイスなどの名前がその間に挟み込まれている。そういう箇所を読んでいると、ジョージ・スタイナーがあるフランスの批評家の言葉として引用している「教養人でさえ、古典や神学の知識となると浅薄なものしか持っていない無学の深まりゆく時代には、博識はそれ自体、一種のファンタジーであり、シュルレアリスティックな構築物であると論じた」(『脱領域の知性』由良君美訳)という一節もなるほどとうなずけるはずである。

第Ⅲ章ではそれまでの論展開を手短に整理した上で、「永遠とは願望のひとつの様式なのである」と結んで、次の奇妙な第Ⅳ章に移る。第Ⅳ章については後ほど触れるとして、ここまでを振り返ってみると、めまぐるしい勢いで次々に繰り出される人名、学説、引用文はまさしくそれぞれがパズルのピースと考えられる。ボルヘスはそれらのピース間の説明を簡潔きわまりない記述で済ませ、時に跳躍し、時に飛翔しているかのような印象を与える。しかも、そこに時に奇想によるとしか言いようのない結合が見られるので、読者は戸惑い、困惑する。

ボルヘスの列挙している人名、引用文、学説をパズルのピースに見立てて全体を見渡してみると、当然のことだが、《永遠》の絵柄が浮かび上がってくる。そして、その背後に《時間》の絵柄も透けて見えるはずである。ただ、ボルヘスはピースとピースをつなぐ部分に説明的、解説的な文章をほとんど入れずに全体を極度に圧縮する。第II章冒頭に、神学における永遠は「三位一体に関する信仰告白の秘蹟がなければ、また予定説と永罰に関する論争がなければ生まれてこなかったものである。このテーマについては二つ折判の用紙五百枚を使っても論じきれないだろうが、わたしは八つ折判用紙二枚か三枚でも多すぎると思われないように願っている」という一節が出てくるが、これがボルヘス流の圧縮法なのである。ただ、そのせいで各ピース間の距離が必然的に大きくなり、読者は困惑しつつも一気に遠い距離を飛び越えなければならなくなる。

ボルヘスのエッセイの多くについて言えることだが、何度か読み返した後少し時間と距離を置いて見渡してみると、なんとなく全体の絵柄が見えてくる。しかし、もう一度細部に戻ると、彼の博覧強記ぶりと独特の発想によって読者はふたたび迷路に迷い込んだような気持ちに襲われる。ボルヘスの狙いは読者を戸惑わせ、途方にくれさせることにあるのかというと、むろんそうではない。たしかに、こう書けば読者は目をむくだろうなと考えながら書いたと思われる箇所もないではないが、全体としてはいたって真面目な議論が展開されている。たとえば第Ⅱ章で、中世の神学者たちの永遠についての言葉と思索をこれ以上はないほど圧縮して語った後に出てくる、以下のような文章がその一例である。「神の永遠は、いろいろなもので満ちているこの世界のすべての瞬間だけでなく、もっとも移ろいやすい瞬間が変化したとしたら、それとともに生じるであろう瞬間——それにありえない瞬間——までもが一息《ウノ・インテリゲンディ・アクトゥ》に記録されている。厳密で、しかもさまざまなものが組み合わされたその永遠は宇宙よりも量的にははるかに豊かなのである。／さまざまなプラトン的永遠が抱えるもっとも大きな危険は無味乾燥になることだが、こちらの永遠は『ユリシーズ』の最後のほうのページ、それに膨大な問いかけから成るその前の章に似てくるという危険がある。そうするとどうしても冗長になるが、それに歯止めをかけているのが、アウグスティヌスの緻密で堂々とした疑問であった。」

　中世の神学者たちから一気にプラトンへ飛び（これはプロティノスとの関連で言えば分か

らなくはないが)、ついでジョイスの『ユリシーズ』、さらに聖アウグスティヌスへと跳躍されるとさすがにめまいを覚える。

こうしたボルヘスらしいお遊びはあるものの、第Ⅱ章までは全体として《永遠》を、そしてその背後に《時間》を浮かび上がらせようとして書かれていることは言うまでもない。では、ボルヘスはなぜあそこまで文章を圧縮し、切り詰め、またさまざまな神学者や哲学者、あるいは作家の長大な著作の中からわずかな例外を除いて、ほんの数行だけをほとんど説明もなしに引用しているのだろう。そこにどのような意図が隠されているのだろうかという疑問が湧いてくる。

通常、永遠論、時間論というのはそれぞれについての定義から入り、さまざまな学説を引用、紹介しながら論を進めていく。それが王道であることは言うまでもないが、問題はそこに、読者に自分の考えを伝え、理解してもらおうという意図が必然的に込められることである。そうなるとどうしても読者をある一定方向に導いていかざるをえないが、そのせいで往々にして書き手は読者(その中には自分の内なる他者である読者も含まれている)を説得しようとすることになる。つまり、自分はこれこれのことについてこう考えているのだと言おうとすると、いろいろな学説や考えを紹介、説明しながら、それを通して読者をある目的地に導いていこうとする方向性が生まれてくる。

ところがボルヘスの場合は先にも述べたようにさまざまな時代の哲学者、神学者、作家、詩人の書いた膨大な著作から、わずかな例外はあるにしても、たいていはほんの数行を抜き出してぽんと差し出すだけで、それについてのコメントや説明もとりつく島がないほど簡潔なものになっている。それをパズルのピースと考えると、ピースとピースの間の空白、余白があまりにも大きいために読者は戸惑い、困惑する。先に挙げた中世の神学者からプラトンを経て、ジョイス、アウグスティヌスへと移っていく一節などがその典型と言えるが、こうした組み合わせの意外さが冒頭で触れたボルヘスとドライ・フルーツの出会いにそっくりなのである。

ボルヘスがピースとピースの間にあれほど大きな空白、余白を与えたのはおそらく彼のいたずら心もあるだろうが、加えて読者に自分で考えてもらいたい、ここの余白、空白はどうかご自身で埋めてくださいという意図が込められているにちがいない。つまり、全体の枠組みは提供するが、余白を埋めるのは読者一人ひとりの仕事であり、そうすることによってそれぞれに違った絵柄が生まれてくるが、それは読み手の知力、知識の量、想像力のありようによって異なったものになるはずである。ボルヘスのエッセイを読む場合、無理をして理解しようとするのではなく、彼が並べるさまざまなピースをもとにして自分なりの絵柄を作り上げることがもっとも適していると思われるし、著者自身もそう願っていたにちがいない。

余白、空白の多いエッセイを通してボルヘスが読者を戸惑わせ、困惑させるのは、そこから思索をはじめてほしいという意図が込められているからだと考えられる。第Ⅲ章までは上に述べたような記述が続き、ついで第Ⅳ章ではまた変わった趣向が待ち受けている。というのも、「後は永遠に関する自分自身の理論を読者に伝えるだけでいいだろう。その永遠は、神はもちろん、神以外の所有者もいなければ、原型もない貧困なものである。わたしは一九二八年に出版した『アルゼンチン人の言語』という本の中で、それについて書いたことがある。あのとき書いたものをそのままここに引き写すことにするが、それには「死の中にいると感じる」というタイトルがつけられている」という書き出しではじまるこの章では、以下に「死の中にいると感じる」がそのまま再録されていて、しかもその内容がごく個人的な体験をつづったものなのである。内容をかいつまんで説明すると、夜になって散歩に出たわたし（ボルヘス）は町外れにある寂れた街角に着き、そこの風景を眺めるのだが、そのときにここは三十年前とまったく変わっていないと感じる。少し長くなるが、その続きを引用しておこう。

わたしは千八百年代にいるというふと浮かんだ思いが、単に言葉だけの問題でなく現実的な重みを備えたものとしてずっしりのしかかってきた。(……)わたしはよく川にたとえられる時間をさかのぼったとは思わなかった。むしろ、想像もつかない永遠というほとんど何も語らないか、もしくはまったく何も語らない不在の意味を自分のものにしたのではないだろうかと考えた。わたしがそのとき空想したことを説明できるようになったのは後のことである。

　そのとき想像したことをここに書き写しておこう。同質的な出来事――穏やかに晴れた夜、きれいな壁、田舎らしいスイカズラの匂い、基本的な泥――の純粋な再現は以前にあの街角にあったのと単にそっくり同じだというだけではない。それは似ているとか反復というのではなく、同一のものなのだ。もしその同一性を直観で認識すれば、時間は幻影でしかなくなる。見せかけの昨日のある瞬間と見せかけの今日のある瞬間が区別することも分離することもできない、ただそれだけのことで時間は崩壊する。

　言うまでもないが、人間的な瞬間というのは無限ではない。基本的な瞬間――つまり、肉体的苦痛と肉体的快楽の瞬間、夢が訪れてくる瞬間、音楽を聴いている瞬間、緊張感に満ちた瞬間と無力感に襲われた瞬間——はいっそう非個人的である。前もって結論を言っておこう。不死であるためには人生はあまりにも貧しい。しかし、われわれは自分の貧しさをまだはっきりと認識していない。というのも、感覚的には反駁できる時間も、知的な意味では反駁できないからである。なぜなら、知的なものの本質は連続性の概念と分かちがたく結びついているからである。したがってわたしがなんとなく感じ取った観念は感動的なエピソードのまま残ればいいだろうし、あの夜が惜しみなく与えてくれた恍惚感をもたらし、ひょっとするとこれが永遠かもしれないという暗示を与えてくれた真の瞬間はこのページに書きとめてはおくが、答えの出ないままにとどめておこう。

ボルヘスはプラトン、プロティノスの言う永遠を否定し、中世の神学者たちの永遠も否定する。しかし、だからといってエリアーデが「伝承社会にあっては、人々はいわば宇宙開闢を再現する一連の儀礼によって、「時間」を廃棄し、周期的に過去を消し去り、「時間」を再生させようと意識的、自発的に努力したのである。……つまり、神話は、人間から彼自身の時間——その個別的、年代的、《歴史的》時間——を引き離し、そして人間を少なくとも象徴的に、「大いなる時間」、すなわち持続によって構成されていないがゆえに測定されえないという逆説的な瞬間の中に投げ込む」（『イメージとシンボル』前田耕作訳）と述べているような永遠に与《くみ》するわけでもない。彼はあくまでも一個人としての経験にこだわり、その中から時間の連続性を否定しようとする。また、同一の体験という側面で考えると、先の引用の中に出てくる「人間的な瞬間というのは無限ではない。基本的な瞬間――つまり、肉体的苦痛と肉体的快楽の瞬間、夢が訪れてくる瞬間、音楽を聴いている瞬間、緊張感に満ちた瞬間と無力感に襲われた瞬間――はいっそう非個人的である」という一節は『伝奇集』に収められている短編「トゥレーン、ウクバル、オルビス・テルティウス」の中の「すべての人間は交接の目くるめく瞬間において同一の人間である。シェイクスピアの詩の一行を繰り返すすべての人間は、ウィリアム・シェイクスピアその人である」という一節と照応しており、ボルヘス独特の発想の一端がここからうかがえる。

ここに引用したのは「永遠の歴史」の最後のピースだが、これが最初のピース（つまり先に引用した冒頭の一節）の中の「永遠は時間という実体によって作られた似像である」という一節と見事に照応していることが見て取れるはずである。ボルヘスは、連続的に継起する線的、不可逆的な時間を、自らの感性的な体験をもとに否定しているが、ここまで読み進んだ読者はおそらく、ああ、この手があったのか、と思われるにちがいない。

実は、ここにもまたボルヘスらしい仕掛け、というかいたずらがほどこされている。それは「わたしは千八百年代にいるというふと浮かんだ思いが、単に言葉だけの問題でなく現実的な重みを備えたものとしてずっしりのしかかってきた」という一文なのだが、実を言うとボルヘスは一八九八年に生まれていて、「死の中にいると感じる」というエッセイは本人も述べているように一九二八年に出版された本に収められている。つまり、この一文を書いたとき、ボルヘスは三十歳になるかならずの年齢だったのである。ということは「わたしは千八百年代にいる」という文章はどう考えてもおかしいことになる。彼は両親の腕に抱かれて零歳、あるいは一歳のときにブエノスアイレスの下町の寂れた街角に連れていってもらい、そこを目にして鮮明に記憶していたということなのだろうか。それともずっと以前、つまり彼が生まれる前のことを言っているのだろうか。おそらくそのいずれでもないはずだが、ではいったいどういうことなのだろうという疑問が新たにまた生まれてくる。答えが出るはずのない問いかけとしか言いようがない。

まったくもって、ボルヘスというのは食えない人である。

なお、ラテン語、ドイツ語、フランス語、英語が頻出するこのエッセイ集の翻訳に当たっては、神戸市外国語大学名誉教授・小浜善信氏、同教授・大西英文氏、同教授・武内旬子氏にいろいろとご教授いただいた。ここにお礼を申し述べておきます。

*　　*　　*

翻訳に用いたのは以下のテキストで、その中から作品を選んだ。また、翻訳に際しては全集 *Obras completas Jorge Luis Borges*, Emecé editores も参照した。

1　『論議』*La discusión*, Emecé editores, 1957.（初版は一九三二年にブエノスアイレスで出版されたが、後に増補・改訂版が出たので、ここではそれを用いた。）

2　『永遠の歴史』*Historia de la eternidad*, Emecé editores, 1953（初版は一九三六年にブエノスアイレスで出版されたが、その後エッセイがいくつか追加された増補版が出たので、ここではそれを用いた。）

3　『続・審問』*Otras inquisiciones*, Sur, 1952

また、翻訳に際しては適宜英訳 *The Total Library* (Non-Fiction 1922–1986), edited by Eliot Weinberger, Penquin Books, 1999 を参照した。

マ行

ヤ・ラ・ワ行

タ行

ナ・ハ行

付注人名一覧

本書には多くの人名が繰り返し言及されるが、注は重複しないようにしたため、読者の便宜のために注をつけた人名と、当該注のある頁、注番号をあげた。

ア行

カ行

平凡社ライブラリー　797

ボルヘス・エッセイ集《しゅう》

発行日…………2013年10月10日　初版第1刷

著者……………ホルヘ・ルイス・ボルヘス
編訳者…………木村榮一
発行者…………石川順一
発行所…………株式会社平凡社
〒101-0051　東京都千代田区神田神保町3-29
電話　東京(03)3230-6579[編集]
東京(03)3230-6572[営業]
振替　00180-0-29639

印刷・製本 ……株式会社東京印書館
DTP…………平凡社制作
装幀……………中垣信夫

ISBN978-4-582-76797-1
NDC分類番号968.9
B6変型判（16.0cm）　総ページ278

平凡社ホームページ　http://www.heibonsha.co.jp/

平凡社ライブラリー　既刊より

【エッセイ・ノンフィクション】